C.S.ルイスの読み方

物語で真実を伝える

A.E. マクグラス 著
佐柳文男 訳

教文館

Originally published in the U.S.A. under the title:

If I Had Lunch With C. S. Lewis, by Alister McGrath

もくじ

序文 7

1 壮大なパノラマ 17
人生の意味についてC・S・ルイスが考えたこと

2 信頼すべき旧友たち 39
友愛についてC・S・ルイスが考えたこと

3 物語で創られる世界 63
『ナルニア国』と物語の重要性

4 世界の主とライオン
アスランとキリスト者の生き方についてC・S・ルイスが考えたこと 85

5 信仰について語る
護教論の方法についてC・S・ルイスが考えたこと 108

6 学問・知識を愛すること
教育についてC・S・ルイスが考えたこと 133

7 苦しみにどう立ち向かうか
痛みの問題についてC・S・ルイスが考えたこと 156

8 さらに高く、さらに深く
希望と天国についてC・S・ルイスが考えたこと 178

もくじ

謝辞　199
補論1　C・S・ルイスに関する参考文献　201
補論2　C・S・ルイス略歴　211
注　221
訳者あとがき　235

装丁　森　裕昌

序文

C・S・ルイスは二〇世紀の最も有名な思想家の一人である。『ナルニア国歴史物語（*The Chronicles of Narnia*）』が膨大な費用をかけて映画化され、それにより彼の他の著作も世界中に多くの新たな読者を得た。しかし、C・S・ルイスは映画が作られるはるか前から有名であった。彼は生存中に英文学史に関する世界的権威として高名の士であった。オックスフォード大学、ケンブリッジ大学における彼の講義には熱心な学生たちが押し掛け、彼の言葉を一言も聞き逃すまいと耳を澄ました。

今日ルイスは主に二つのことで記憶される。第一に、彼は『ナルニア国歴史物語』七部作の著者としてあがめられる。この七部作、とくにその広告塔となった第一巻『ライオンと魔女（*The Lion, the Witch and the Wardrobe*）』は英文学の古典となった。ナルニア小説七部作は、巧みに語られる物語が多くの人々の想像力を虜にし、人間存在に関する最大の問題の一つ、私たちはどのようにしてよい社会人となり、人生の意味を見出すことができるのかという問題に目を開かせてくれる。ルイスが繰り広げる物語は私たちを豊かさに溢れる想像の世界に導き入れ、私たち自身が考えている人生および世界の意味や価値という大きな問題について考え直す力を与えてくれる。

ルイスの第二の遺産は、キリスト教についての著作である。ルイスは若い頃怒れる無神論者であった。彼は第一次世界大戦でイギリス軍の兵士として出征した。その時に、自分の周囲で起こった人間の苦しみや破壊を見て、宗教を否定するようになった。しかし、長い年月をかけての思想的彷徨の末、考えを改め、神に関する信条は世界を理解するために最も根源的なものだと考えるようになった。ルイスは自分の考え方の変化を、ベストセラーとなったいくつかの著作、とくに『キリスト教の精髄（*Mere Christianity*）』で明らかにした。

ルイスは著作家として最も有名であるけれども、彼の人生は複雑であり、彼が困難な人生を歩んだこと、時には悲劇的な人生を歩んだことを、私たちは忘れてはならない。彼の母親は、彼が一〇歳になる前に癌で亡くなった。彼は第一次世界大戦中、フランスの最前線で戦傷を負った。彼は人生の終わり近くになって結婚したが、妻も徐々に進行する癌により、長い闘病生活の末に亡くなった。ルイスは自分に降りかかるいろいろの問題を実際に体験し、人生の大問題について考えることを余儀なくされた稀な人物の一人である。ルイスは机上の空論を弄ぶ人間ではなかった。彼の思想は苦悩と絶望の灼熱の中で形成されたものである。

そこで、なぜ本書が書かれなければならないのかが問題となる。「ルイスと昼食を共にする」〔「訳者あとがき」参照〕とは何のことか。私はオックスフォード大学の講義で学生たちにルイスについて語っているときに本書を書くことを思いついた。私は彼が書いたことの中から、いくつかの主題、例えば「喜び」という豊かな主題、研究する価値のある主題について、さらに深く探求したいと思った。しかし、学生たちは別のことを考えていた。彼らはルイス「から」学びたいと思い、ルイスに「ついて」学びたいとは思っていなかった。ルイスの名は巨大であり、彼は学生たちのロール・モデルであった。彼らはルイスが人生の大問題について、何を考えたのかを知りたがった。彼らが言うところによれば、それを知ることにより、彼ら自身が人生の大問題について考える力を与えてくれるだろうということだった。私にはそれはもっともなことだと思われた。そこで私たちは、ルイスが人生の意味について何を語っているかを調べることにした。そしてこの企ては満足すべき結果をもたらした。

私たちは誰でも、人生に関する大問題について、思慮深い人々、有力な助けを与える人々に学ぼうとする。それゆえに、私たちのうちの多くの人々が親しい友人や信頼すべき同僚たちに心を向け、彼らの意見を聞こうとして、共に過ごす時間を割いてもらうよう求める。「昼食を共にする」という誘いは、単に一緒に飲み食いをしようというだけのことではない。それはある一定の時間を共に過ごし、その人をよく知り、いろいろな問題について話し合いをしたいとの希望の表明である。私たちは、自分たちが今遭遇している困難な問題に、かつて同じような問題に遭遇して、それを克服した人々の考えを聞き、自分たちもそれを克服したいと思う。私たちは彼らが遭遇した問題をどう克服したのかを聴き、自分たちも彼らと同じように克服したいと願う。

多くの人々が「人生のメンター（師範、Mentor）」を求めるのはそのためである。「人生のメンター」とは、年上の賢明な人物であり、彼らが獲得した知恵を伝え、私たちの模範となり、刺激となって助けてくれる人々である。あるいは「批判的友人」、つまり、私たちの側に立ちながら、なお私たちにとっては聴くことが辛いようなことを言い、それによって私たちが前に進むことを助けてくれる人々を求める。あるいは「人生のコーチ」、つまり私たちの人生の目標を達成することを助けてくれる人々を求める。これらの人々は私たちが信頼し、尊敬する人々であり、私たちと共に歩み、私たちが自分自身の人生からより多くを得ることを可能にしてくれる人々である。彼らは単に物知りであるだけではない。彼らはそれよりもはるかに重要な人々である。彼らは「賢者」である。

それはパーティーで楽しむゲームのようなものである。そのゲームでは、昼食を一緒にしたい人物を三人指名することが求められる。ゲームの参加者は、それは誰なのか、またなぜその人物を選ぶのか、その人物と何を話し合いたいのかを説明しなければならない。私はC・S・ルイスと昼食を一緒にしたいと思う。私だけでなく、私の知人のほとんどの人々がそう願うだろう。ルイスと共に、料理と飲み物を前にして、人生の最大の問題について話し合えたらこの上なく幸いなことだ。いずれにせよ、料理と飲み物と交わりを共にすること以上に大きな人生の楽しみはあまりないとルイス自身が言っている。私は本書の読者が、どこか静かな所でルイスと共に昼食の席につき、誰もが人生において直面することが避けられない問題やジレンマについて、ルイスと共に考え合うことへの誘いとして読んで下さるようにと願う。

ルイスは人生にまつわる諸々の困難に学び、学んだ知恵を、優雅なタッチで、また巧みな文章で伝えることのできる人物の一人であった。彼の著書が彼の生存中だけでなく、今日、彼の死後もそれにまさって、ベストセラーになっているのは、そのためである。多くの人々が、ルイスが自分にとって有用な人物、情報源であり、参考にすべき人物であると考えていることが明らかである。ルイスを人生のメンター、人生のコーチ、あるいは批判的友人として会いに行けたらどうであろうか。ルイスの著作は、彼が友人たちに対して、そのような役割を喜んで引き受けようとしていたことを明らかにしている。例えば、彼が多くの人々と交わした膨大な量の手紙には、親しい友人たちや、面識のない人々に与えたアドヴァイスや知恵が溢れている。『悪魔の手紙（*The Screwtape Letters*）』（一九四三）は霊的指南書として、世界史上これまでに書かれた書物の中で、最も独創的な著作である。

本書は、私がもしルイスと昼食を共にすることができたら、彼は何を語ったであろうかを想像して書かれた。悲しみに直面する人に、彼は何を語ったであろうか。あるいは、無神論者を友人に持つキリスト者に、キリスト教信仰を最も適切に説明するにはどうすればよいのかと悩んでいる人に何を語ったであろうか。あるいは、よりよい社会人になりたいと悩んでいる人々、自分の信仰はまやかしではないのか、人生の厳しさをごまかすために考え出されたものに過ぎないのではないかなどと悩む人々に何を語ったであろうか。幸いなことに、ルイス自身が書いたものや、ルイスについて書かれた膨大な研究書があり、これらのことに答えを求める人々に対して、ルイスが何を語るのかを知ることができる。本書の目的はまさにそこにある。私たちが人生にまつわる問題と格闘し、よりよい社会人になるためにルイスがどのように助けてくれるかを明らかにすることである。もちろん、私たちはルイス自身が自分の問題を抱えていたことを考慮に入れなければならないことも知ることになる。

映画『永遠の愛に生きて』を観た人は誰でも、ルイスと昼食を共にすることは（それが想像上のことであっても）あまり楽しいことではないと思うかもしれない。アンソニー・ホプキンスはルイスを荘重で尊大な人物、そして少々退屈な人物として描く。昼食を共にする仲間を死ぬほど退屈させるのではないかと多くの人が思うかもしれない。幸いなことに、実際のC・S・ルイスは全くそのような人物ではなかった。彼の友人たち、例えばジョージ・セイヤーなどは、ルイスが機知に富む人物、「輝くばかりのユーモアの持ち主」であり、「やや子どもっぽい遊びの感覚」を持つ人であったと懐かしんでいる。彼は「会う人を楽しませる人物」、「素晴らしい仲間」であった。ルイスと昼食を共にすること自体がご馳走であった。彼と昼食を共にできれば、彼は知恵を笑いのうちに、上機嫌で振りまくことであろう。

ルイスの思想は知恵に富み、静聴する価値あるものであるが、しかし、私たちは彼が言うことにすべて同意しなければならないのではない。私はかつてオックスフォード大学で経営学の講座に出席しなければならなかった。その頃、私は大学でかなり重要な地位にあり、大学経営上の重い責任を負わされていた。その講座は私や私の同僚たちが、よりよく責任を担うことができる者になるためのものであった。私はその時の一つの講義のことを鮮明に覚えている。それは、我々が最善の決断をすることを助けてくれる友を、どのようにして選ぶかという問題を扱っていた。「自分のクローン人間を集めるな」、「たとえあなたと違う考えの人物であっても、あなたが心から信頼できる人を選べ」と教えられた。そのような人物はすべてのことであなたに同意する訳ではない。しかし彼らはあなたが選択すべきことについて、真剣に考えることを可能にしてくれる。あなたが下す最終的決断は彼らのゆえにさらによいものとなる。それはあなたが選択しようと思わなかったけれども、結果としてはよりよい決断を、あなたが選択せざるを得なかったためである。

そのことが本書の構想および執筆の基本精神である。ルイスが私たちの会話の相手である。ただしそれは、ルイスの言うことがすべて正しいというのではない。彼は私たちが耳を傾ける価値のある人間であることを意味するだけである。ルイスは無限に興味深く、価値ある人物であり、もし彼の主張に同意できないことがあるとしても、その意見を真剣に受け止めなければならない人物であることを私たちは知っている。

ルイスは一九六三年に亡くなった。私たちはどうすれば彼の声を聞くことができるだろうか。一つの方法は想像上の対話を考案し、彼に発言させることである。しかし、それには私の意見が紛れ込みやすく、ルイスに対しても読者に対しても、公平無私とは言えない。それよりはるかによい方法はルイスの思想を正確に要約することである。彼の名言名句、名文を散りばめれば、読者をルイスの考え方に親しませることができる。私たちは彼の思想を探求し、それがどのような役に立つのか、私たちがそれをどう利用できるのかを明らかにしようとする。

私たちがルイスと定期的に会い、いろいろなことについて話し合いをすると仮定しよう。私はルイスが教鞭をとった二つの大学、オックスフォード大学とケンブリッジ大学の学期制を参考にする。これら二つの大学では八週間を一学期とし、一年三学期制をとっている。ルイスの日常の予定はこの八週間一学期を枠として組まれていた。そこで、私はある学期に毎週一回ずつ彼と会うと仮定する。私たちはオックスフォード市内にあった彼の行きつけの居酒屋（パブ）、例えば「鷹と子ども（The Eagle and Child）」、そのすぐ近くにある「子羊と旗（The Lamb & Flag）」で彼に会うということにする。あるいはもう少し遠出をして、ルイスが非常に好んだ散歩道、ポートメドウ川に沿った道を行き、隣村のパブ、例えばビンゼイの「止り木（The Perch）」やウォルヴァーコートの「鱒（The Trout）」などに行くことにしよう。私たちはそこでルイスと共に昼食をとりながら、人生の大問題のいくつかについて語り合うことにしよう。

八回の昼食会にはそれぞれほぼ同じような段取りが組まれる。まず、ルイスの人生のある時期について情報を得る。その時期に、ルイスにとってある特定の問題が重要になった理由を知ることになる

（ルイスの人生について、より詳しいことについては、本書の「補論2　C・S・ルイス略歴」を参照）。続いて、ルイスが経験した事柄に対し、彼がどう反応したかについての情報を得る。彼はそこで何をしたか、何を考えたかについて知ろうとする。ルイス自身の言葉を聞くこともあり、それに対する私の解説を挟むこともある。ルイス自身は用いなかったけれども、私が適切だと考える比喩やアイデアが用いられる。最後に、私たちが学び知ったことを、私たちのためにどのように利用できるのかを考える。ルイスが与えるアドヴァイスが、私たちの考え方や生き方にどのような影響を与えるのかを考える。

ルイスという大思想家について、その人と思想を解説する書物が多くの人によって書かれている。それらを読むことは、いつでも有益である。大思想家のことを熟知し、その思想に通じている人々が語ることは、私たちが大思想家を理解する上で非常に強い助けになる。私はこの四〇年間ルイスの著作を読んできた。そして彼の知恵の真価をいろいろなレベルで学んできた。また彼の思想をどうすれば最も正しく説明し、応用できるかについて苦労して考えてきた。しかし、最終的には本書の読者自身がルイスの著作を読まなければならない。ルイスは優美で説得力に富む文章、誰でも引き込まれざるを得ない文体を持っており、彼を解説する者の誰も（私自身がまさにそうであるが）それを真似ることができない。

読者は本書を、ルイスの著作を自ら読むための手引きとしてほしい。ルイス自身がジョン・ミルトンの古典、『失楽園』を読むための手引きを書いている。それゆえ、本書の最後の部分にある「参考文献」に、読者が自らルイスの著作を読み、本書で扱われるルイスの思想をより正確に知るために、さらには、本書では触れることのできなかった問題についてより広く知るために読むべき書物のリストが掲げられている。私は読者がルイスについてよく知ることのできる書物、その他、彼の思想を理解するために、どの書物を読んだらよいかについて、読書案内をしてある。ルイスの著作には多くの異なる版があるが、それについては本書の最後の部分にある謝辞に詳しく記した。またルイスについての書物、ルイスの著作を読んで、ルイスをよりよく理解するための書物についても、詳しい情報を提供してある。

それでは、私たちは何から始めればよいのだろうか。私たちが何から始めたらよいのかについて、ルイス自身がどう考えているかは明らかである。それは、彼がキリスト教を発見したことである。彼がキリスト教を発見したことは、彼が世界を旅する上で、道徳的、知的な航海の羅針盤となった。そこで、私たちはルイスが人生の意味について何を考えたかを、最初の昼食の席での話題とする。

二〇一三年九月　ロンドンにて

アリスター・マクグラス

1

壮大なパノラマ
人生の意味についてC・S・ルイスが考えたこと

私がキリスト教を信じるのは、太陽が昇ったことを信じるのと同じである。
私は太陽を見るだけでなく、太陽以外のすべてのものを見るからである。

C・S・ルイス「神学は詩か?」

第一回のルイスとの昼食会のとき、私たちの頭の中にはいろいろな問いが渦巻いていて、最初に何を質問すればよいのか、分からずにいる状態であることは容易に想像できる。しかし、ルイスが第一に強調したいことは、「意味」の重要性であろう。

多分、ルイスは自分の言いたいことを強調するために、テーブルをいきなり強く叩き、並べられた食器がガタガタと音を立てたかもしれない。私たちは驚かされるだろう。質問をするのは私たちではなかったのか。しかし、ルイスが私たちに挑戦している。それは、おそらくルイスが、そもそも何が問題なのかを初めに明らかにする必要があると考えたからではないだろうか。私たちは自分の人生を何か安定したもの、確かなもの、安全なものの上に築かなければならないからである。私たちはそのような土台を見出すことなしに、自分の本来的な人生を歩み始めることはできない。ルイスが『キリスト教の精髄』で詳しく論じたように、単に生存することと、真実に生きることとの間には大きな違いがある。

では、なぜ意味が重要なのだろうか。

人間は意味を求める生き物である。私たちの心の奥底には、人生とは何なのかを理解したいという強い願望がある。それは、何を専攻しようかと考えている大学生にしても、神の意志を知ろうと願うキリスト者にしても、世界における自分の目的が何かについて書斎で思索を重ねる哲学者にしても、皆同じであり、私たちのほとんどの者は自分の人生に堅固な土台がほしいと願い、いろいろと思い巡らしている。なぜ私は生きているのか。私は何のために生きるのか。人生の中心には何があるのか。現実の物理的世界や、周囲にいる人々と私との関係は何か。神はいるのか、もし神がいるとして、神が存在することによってどんな違いが生じているのか。

私たちは誰でも現実を見るために、また現実を理解するためにレンズを必要とする。そうでないと私たちは現実に圧倒されてしまう。詩人T・S・エリオットは「バーント・ノートン」(一九三六)でそのことを歌っている。人は「あるがままの現実には耐えられない」と彼は言う。私たちは焦点を絞るか、あるいは現実の流れを編み合わせてそこにある秩序を見出さなければならない。そうしないと、現実は混沌無秩序であり、曖昧模糊としており、焦点がぼけていて、無意味なものとしか映らない。

一九六〇年代に多くの優秀な若者たちに影響を与えたフランスの無神論哲学者ジャン=ポール・サルトルは、人生は無意味なものだと言った。「我々は皆ここに坐り自分の大事な存在を維持するために食べたり飲んだりするが、自分が存在すべき理由は全く何もない[1]」。しかし、無意味な世界に生きることは難しい。人は何のために生きるのだろうか。

人生に意味や目的があることを知ることにより、私たちは複雑な時代、困難な時代でも生きていける。ヴィクトール・フランクルがこのことを強調している。彼は第二次世界大戦中にナチスの強制収容所に閉じ込められ、そこでの経験を通して、人が悲惨な情況に置かれたときに、そこに意味を見出すことの重要性を明らかにした。[2] フランクルは悲惨な情況のうちで生き残る可能性は、生きる意志があると考えるか、意味はないとするかにかかっていること、そしてそれは希望の持てない情況においても意味と目的を見出せるかどうかにかかっていることを理解した。どう見ても希望を持てないような情況に、最もよく耐えることができたのは「意味の体系」を持つ人々であった。意味の体系を持つことにより、経験が意味あるものになった。

フランクルは現実の出来事や情況を理解することができない場合、私たちは困難な現実に耐えることができないと言う。彼はドイツの哲学者フリードリヒ・ニーチェの言葉を引用する。「なぜ自分は生きるのかを知っている人は大概のことに耐えることができる」。私たちは、現実世界に関する想像上の地図を心に描き、現実のどこに自分が居るかを理解しなければならない。それにより私たちは人生を歩む道を見出すことができる。私たちは人間性、世界、神について根本的な問題に焦点を当てるためにレンズを必要としている。

心的外傷（トラウマ）に関する最近の研究は「一貫性の感覚[3]（Sense of Coherence）」を保つことの重要性を強調する。それは一見乱雑で無意味かつ不条理な出来事、とくに私たちに苦しみをもたらす出来事に耐える力を与えてくれる。[4] 別の言葉で言えば、冷酷な現実に耐えることのできる人々は、一見ばらばらで無意味な現実の世界の表面下に、より深い現実の構造を把握できている人であるということになる。ハーヴァード大学の偉大な哲学者であったウィリアム・ジェイムズが、宗教信仰がそのような洞察を可能にすることを明らかにした。ジェイムズは、私たちが「自然界にある秩序が何であるかを特定し、それを説明するような、何らかの不可視的秩序があることを信ずる信仰」を持たなければならないと言う[5]。

もちろん、意味を知ろうとする試みはどれも迷妄だと主張する人々もいる。発見すべきもの、つまり存在の意味は存在しないのだから、探そうとすること自体が無意味なのだと言う。リチャード・ドーキンスは、謙遜にも自分は世界一有名かつ尊敬されている無神論者だと宣言をするが、宇宙には「設計図も目的もなく、悪も善も無い。宇宙は知性をもたず、悲しみや苦しみに対する無関心だけがある」と言う[6]。私たちは自らを慰めるために意味を発明するかもしれないが、「人生のより大きな見取り図（bigger picture）」などはない。それらはすべて我々が作り上げた妄想に過ぎないのだと言う。

私も一〇代後半の頃にそう考えていた。神を信じる人はすべて狂人であり、悪人であるか、哀れな人間であると思っていた。私はそのような人々よりも優れていると考えていた。無神論を掲げることは反逆の行為であり、自分が信じたいことを信じる権利を持つことの表明だと考えていた。もちろんそれはつまらない主張であった。しかし、そんなことはどうでもよかった。無趣味なほどに厳しい主張だったかもしれないが、それは正しい主張であった。この主張は私の生き方に何の影響も与えなかったが、そのことこそが、私がその主張を自分のものとした理由であり、その主張の真理性や魅力、あるいは妥当性のゆえではなかった。それでも、私の内に小声にささやく声があった。「世界はそんなに単純なのだろうか。人生にそれ以上のことがあるとしたらどうなのか」。

ルイスはこの無味乾燥な世界観、生命のない世界観から私を解放する上で力にならなかった。それでも、私は一九七四年頃にルイスの著作を読み始め、ある一つの大きなことで私を助けてくれた。私が無神論の間違いが何かに気付いたとき、ルイスはそれに適切な名称を与える上で助けてくれた。彼は私が洞察したけれども、まだ混乱していた考え方や直観を適切な言葉にしてくれた。そして、私がキリスト教世界に自分の足で踏み入り、自分の生きる方向性を定めようとしたときに、ルイスは直ちに私淑する人生のメンターになった。私は彼に会ったことがない。しかし、彼の言葉と知恵とは私にとって重要なものとなり、今でも重要なものであり続けている。私はルイスと昼食を共にできたらよかったなと思う。ただしそれは質問を浴びせるためではなく、私のうちに信仰を育ててくれたことにただ感謝するだけのためである。

ここでルイスを私たちの会話のうちに招き入れる時がきた。ルイスは若い頃、無神論者であった。しかし徐々に無神論が知的に脆弱なものであり、実存的にも堅実な考え方ではないことを理解し始めた。それがなぜかを解明してみよう。ルイスと昼食を共にしている場面を想像し、私たちの誰かが、彼はどのようにして人生の意味を見出したのかと質問をする。あるいは、彼自身のことについて、彼がどのようにしてキリスト者になったのかについて質問するとしよう。彼はどう答えるであろうか。

ルイスは「饒舌で浅薄な理性主義者」であったが、それに疑問を持つようになった

ルイスは一六歳になった頃にはすでに確固たる無神論者であった。宗教は一九一〇年代の主要な学者たちによって誤謬であることが説明し尽くされたとルイスは確信していた。当時の最善の学説は、宗教とは人間の原始的本能であることを明らかにしていた。その学説によれば「人類は成人した現今、宗教を必要としない」と言っているようだった。もはや誰も神についての信仰を真剣に受け止めることができなくなっている。

彼の無神論は第一次世界大戦でフランスの塹壕で目撃した苦しみや暴虐により揺るぎないものになった。ルイスは一九一七年の夏、オックスフォード大学で士官となる訓練を受け、ソマセット軽歩兵部隊配属となり、北フランスの戦線に配置された。彼はそこで人間の苦しみと破壊を見て、人生に目的などないこと、そして神など存在しないと確信した。

ルイスは神など存在しないと言っていたが、第一次世界大戦中の体験により、ルイスは神を怒りの対象とし、神に対して激しい怒りを持った。当時の多くの若者が世界に幻滅を感じ、否定的態度を取る者が多かったが、ルイスも憎悪の対象、世界の病弊の原因として非難すべき対象を求めていた。そして、彼以前にも彼以後の多くの人々のように、ルイスはすべてのことで神を非難した。神はなぜ私の許可を得ずに私を創造したのか。[7] しかし、彼の無神論は、戦争によってもたらされた荒廃と苦悩を

理解するための「意味付けの枠組み」を彼に与えなかった。そして、彼は不都合な事実に直面しなければならなかった。もし神が存在しないならば、戦争の残虐さについての非難は人間に対して向けられなければならない。戦争の暴虐、残虐はキリスト教だけでなく、無神論的ヒューマニズムにも向けられることを、ルイスは徐々に理解するようになったらしい。彼の「饒舌かつ絶望的」無神論はルイスが戦争によって受けた心的外傷の意味を解明しなかったし、それに対処する力も与えてくれなかった。(8)

「大戦争」(第一次世界大戦)および大戦争後の問題に関するもろもろの文献は、兵士たちが戦時中および戦後に母国に帰還して後に受けた身体的、心理的外傷を強調して扱っている。戦争の性格は反理性的であるが、それが宇宙の存在に、また個人の存在に何かの意味があるのかという問題を前面に押し出した。戦後に学業を再開するためにオックスフォード大学に戻った学生たちの多くは、日常生活に適応することに困難を感じた。そのために神経疾患を発症する者が多かった。

ルイス自身は「大戦争」にほとんど言及しない。彼は正気を保つために、自分の日常生活の諸部分に「区分」あるいは「区画割」を設定して、仕切壁を設けていたようである。文学、とくに詩が、ルイスにとって防火壁(ファイア・ウォール)になった。そのような壁を持たない人々は無意味な外的世界が実存的荒廃をもたらすことを防げずにいたが、ルイスはその壁により混沌乱雑で無意味な外的世界を、自分の世界から遮断していた。

ルイスは一九二〇年代にも無神論を掲げ続けた。それは、無神論を掲げることは正義に適うことだと彼が信じていたからであり、それが「健全な峻厳さ(9)」であると信じていたからである。ただし、無い。

神論が提唱する人生観は「冷酷で無意味」なものであることも認めていた。無神論が知的に廉直方正であり、それが情緒的、実存的に適正でない世界を打ち消していると考えていた。ルイスは無神論が解放的思想であるとか、刺激的思想であるとかとは考えなかった。彼は単に無神論を受け入れていただけであり、熱意を持って無神論を掲げていたわけではない。無神論は物を考える人間にとって唯一の知的立場であり、とくに長所も美点もないもの、責任放棄（背任）の思想であると考えていたらしい。

ルイスは一九二〇年代にキリスト教に対する態度を再考し始めた。彼が少年の頃に放棄した信仰に戻る過程は、彼の自伝『喜びのおとずれ（*Surprised by Joy*）』に詳しく書かれる。ルイスは人間の理性や経験のうちに神について考える手がかりがあることを認め、それらと格闘するうちに、知的正直さを保つためには神を信じ、神を信頼しなければならないという結論に到達した。彼はそのことを望んだのではなかった。しかし、それ以外に選択肢がないことを感じ取った。

『喜びのおとずれ』で、ルイスは自分が徐々に神に接近していったことを説明する。それはチェスの対局のようなものであったと言う。彼が自分を守ろうとして打つ指し手のどれに対しても、神が打ってくる指し手の方がまさっていた。信仰を否定する彼の言い分の根拠はますます薄弱となり、説得力のないものになっていると感じた。そして遂に、彼は投了して、神は神であると認めざるを得ないところに追い込まれた。彼は「イングランド全体で、最も深い落胆を味わった者、最も不本意な改宗者」となった。

何がルイスの心を変えたのであろうか。あの頑固な無神論者、教条主義的無神論者が、いかにしてキリスト教の二〇世紀最大の護教家になり、二一世紀の世界に対しても最大の護教家に変身したのであろうか。私たちは彼から何を学ぶことができるのだろうか。私たちはまずルイスがどのようにして無神論に幻滅を感じ始めたのか、そしてどの方向に進んだのかを聞くことから始めよう。

ルイスが無神論に幻滅を感じ始めた兆候は一九二〇年代初期に、明らかに見出される。初め、それは彼の想像力にとって興味あるものではなかった。しかし、ルイスは無神論が彼の心の奥底にある憧れ、あるいは彼の直観、つまり人生には表面的に見えている以上の何かがあるのではないかという思いを満足させることがないのではないか、あるいは満足させることができないのではないかと思い始めた。ルイスはそのことを『喜びのおとずれ』にある有名な箇所で、次のように言っている。

一方は詩や神話などの多くの島々を浮べた大海であり、他方は口達者で浅薄な合理主義の世界だった。自分が好むものの大半が空想のなかから生れたのに対して、わたしは実在するものを無意味で呪わしいと考えた。(10)

ルイスは何を言いたいのであろうか。第一に、彼は無神論が現実世界について、あまりにも単純な説明しかしないことに不満を募らせていて、その不満を言葉にしたのであろう。彼の「饒舌で浅薄な理性主義」は人生に関する深い疑問を無視し、単に表面的な答えしか与えていなかった。無神論は実存的に意味のないもの、人間の心の最も深い問いや、人間の心の憧れに何の答えも持たないものである。我々は浅薄で表面的なこと、重要ではないことについて証明を与えることができる。しかし、真に問題であること——我々を生かす真理、それが政治的なことであれ、道徳的なことであれ、あるいは宗教的なことであれ——は、同じ方法で証明することはできない。

ルイスは理性主義の檻あるいは牢獄に自らを閉じ込めていたことを理解し始めた。彼は現実世界を理性が証明できることだけに限定していた。彼はそのことを理解すると、理性は理性自身が信頼できるものであることさえも証明できないことを理解した。なぜそうなのか。理性を用いて理性を鑑定しなければならないからである。人間の理性は裁判官であると同時に被告である。後のルイスの言い方によれば、「測量竿が測量される対象から独立しているのでなければ、測量そのものが不可能である」[11]ということである。

しかし、人間理性が理解することの範囲を超えるものがあるとしたら、どういうことになるのか。またそのより大きな世界が、自らの存在を暗示する何かを我々の世界に示してきたら、どうするのか。より大きな世界の射手が我々の世界に矢を打ち込んできて、より大きな世界が存在することを知らせてきたらどうするのか。ルイスは我々を取り囲む現実世界や、我々自身の経験のうちには、宇宙の意味を知るための「手がかり」で満ちていると考え始めた。

ルイスは、徐々にそれらの暗示や手がかりが、理性の及ばない世界を指し示していることを理解し始めた。我々は静かにしているときに、その世界の音楽の片鱗に触れることがあるのではないか。あるいは、涼しい夕暮れにその世界の香りが柔らかい風にのって漂ってくるのを嗅ぐことがあるのではないか。あるいはまた、その世界を発見した人の中に、発見の次第を他の人々に伝えたいと願う人があり、その人の話を聴くことがあるのではないか。これらすべての「超越からの信号」（アメリカの社会学者ピーター・バーガーが用いた言葉）は、我々が日常的に経験すること以外に別の世界があることを、悟らせてくれる。イギリスの偉大な護教家G・K・チェスタトン（ルイスはこの人物に私淑していた）がかつて指摘したように、人間の想像力は理性の限界を超える世界に届き、想像力が真の対象とする世界を捉えることができる。「真の芸術家はすべて、超越的真理に自分が触れており、自分が見る像はヴェールを通して見えることの影である」と感じると彼は言う。[12]

直観の重要性

ルイスは冷静な頭脳を持つ思想家であったが、彼と共通点を持ちながら、彼とは非常に異なる思考スタイルを持つ思想家がいる。彼らは人間の想像力の力を知り、その力が我々の現実理解に及ぼす影響を知る人々である。ルイスの著作が持つ要素のうちで、恐らく最も独創的なものは、彼が執拗に、また力強く宗教的想像力に訴えることではないか。人間には深い感情や直観があり、それは時空的存在を超えるところにある豊かなもの、我々の存在を豊かにするものがあることを直感していることをルイスは知っていた。人間のうちには、深く、また強烈な憧れの感情があり、それは現世的な事物や現世の体験によっては満たされないものであるとルイスは言う。ルイスはこの感覚を「喜び」と呼んだ。そして「喜び」の感覚は、それの究極の源泉であるもの、目標であるもの、つまり神を直観しているのだと言う。神は、単純愚直な無神論やだらけた不可知論などから我々を呼び覚ますために「喜びの矢」を我々の心に打ち込み、我々の故郷に通ずる道を発見するのを助けようとしている。

ルイスはこの点を、第二次世界大戦中の一九四一年六月にオックスフォード大学のチャペルで行った注目すべき説教「栄光の重み」でさらに明快に論じた。彼は「自然的な幸福が決して満たすことのできない願望」、「彷徨える願望、何を求めているのか確かでない願望、なおもその願望の対象が実際に存在する方向に求めることを知らない願望」について語る。人間が持つ願望の中には、自己矛盾のために決して満たされないものがある。願望が表面的には満たされても、実際にはその願望が満たされずに終わるということがあるとルイスは言う。ルイスはその例として、人間の歴史と共に古い美の追求を挙げる。「美の在り処であると我々が思うものは、普通書物や音楽であるが、それらのものは、我々が寄せる信頼を裏切る。美は書物や音楽のうちにあるのではなく、それらを通して伝わってくるだけだからであり、伝わって来るものは憧れでしかないからである[13]」。人間が持つ願望、我々を満足させるであろうものに対する根強い憧れ、後味の悪い憧れは有限な事物、有限な人物（願望を満たしてくれそうで、実際にはそれを満たすことのできない人物）を超えるものを指し示す。我々の願望の感覚はそれらの事物や人物を通して、指示され、人々を願望の真の目標に向けさせ、神のうちに満足を見出させる。

無神論はそのような感情や直観を子どもだましの無意味な迷夢として退ける。ルイスもある時期、この考え方に染まっていた。しかしそれが愚かな考え方であることを悟った。彼は物事の本当の重要性を見抜くことを許さないようなものの見方のうちに閉じ込められていた。ルイスは自分の直観を信じるようになり、直観が彼をどこに導くかを調べ始めた。そして、人生を意味あるものにする「大きな見取り図（big picture）」があることを、ルイスは知った。それはキリスト教と呼ばれるものだった。

「大きな見取り図」――現実世界を見る新しい視点

昼食会における私たちの会話で、ルイスは間違いなく素晴らしい発言をするに違いない。私たちはそれを自分の家に持ち帰り、繰り返し思い返して深く味わい、その深さと彼の才気とを心行くまで楽しむことになるであろう。そのような発言の一つは、「私がキリスト教を信じるのは、太陽が昇ってきたことを信じるのと同じである。私は太陽を見るだけでない。太陽の光によって、他のすべてのものを見ることができるのだから(14)」。

ここでルイスが言おうとしていることは何であろうか。まず何よりも、彼は自分がキリスト者になった最も根本的な理由を言い表している。キリスト教信仰は、物事に焦点を合わせることのできるレンズを与えることをルイスは理解した。それは、灯かりを点け、初めて物事を正しく見るようになったことになぞらえられる。太陽が昇ってきて、暗い大地を照らすという誰でもが知っている現象になぞらえて、ルイスの根本的確信事項を言い表す。キリスト教は彼がかつて信奉していた無神論以上に物事の意味を明確に照らすのだという。

真理とは、物事を適正に見ることについて言われること、物事の奥底にある関連を把握することだと、ルイスは悟った。それは我々が「見る」ことに関係する。それは論理的に言い表すことではない。ルイスにとって、キリスト教は、物事を幅広い知性と物事を最高の想像力にふさわしい見方で見る視点を与え、物事の全体的関連性を、言葉で言い表すことは難しいとしても、心のうちで想像力を働かせて把握することを可能にするものである。

キリスト教信仰の合理性について、ルイスは強い信念を持つが、それは被造物の秩序が持つ合理性を「見る」ことを許す特異な見方と、その合理性が究極的には神に根差すものであることを彼に確信させることからくる。太陽が昇ることにより、我々が物事を見ることを可能にするという譬えに戻ってみよう。ルイスはこの誰にでも分かる比喩を用いて、神が世界の合理性の土台であると同時に、我々にその合理性を把握させる方であることを理解させようとする。キリスト教は我々が物事を観察し、そこに内的な首尾一貫性を把握することのできる視点を与えるものであることを理解するよう助けてくれる。我々は物事がどのように結び合わさっているかを「見る・洞察する」ことになる。

この基本的考え方は、中世に著わされた最大の文書、一四世紀にダンテが著した『神曲』（ルイスが愛好した書物）に言い表されている。ダンテはフィレンツェの大詩人にして神学者であったが、キリスト教が世界の真の姿、言葉で言い表すことは非常に難しいけれども、我々が「見る」ことのできる素晴らしい世界の実相を明らかにしている。

> その瞬間から今日に至るまで、私の視力は私の言葉を凌駕するものとなった。私の言葉は私が見ることを表現できない。(15)

G・K・チェスタトンは、信頼すべき理論は物事を適正に見ることを可能にするものであることを明らかにした。「我々はこの理論を身に着けると、魔法の帽子をかぶるように、歴史がガラスの家のように透けてみえるようになる」[16]。チェスタトンにとって、よい理論とは、それが物事にどれだけの照明を与えるかによって、また我々が外なる世界に見ること、および内なる経験を理解するためにどれだけ応用できるものであるかによって判定される。「この考え方が我々の頭の中にあれば、百万の事物が透明になる。あたかも、それらの後ろに灯かりが点されたように」[17]。同じように、キリスト教は、世界に起こっていることを我々が見て、その意味を理解しようとするときに、そのための視座を与えることにより、キリスト教の妥当性を証明するとチェスタトンは言う。「現象は宗教を証明しないが、宗教は現象を説明する」[18]。

ルイスは太陽、光、盲目、陰というような視覚的メタファーを常に非常に多く用いる。それにより私たちが物事の性質についての真実の理解を得ることを助けてくれる。このことは、二つの重要な結果を生む。第一に、ルイスは理性と想像力とが、互いに対立し合っているのではなく、協力して働いていると考えることを明らかにする。第二に、護教論において、ルイスが多くの比喩を用いて、我々が物事を新しい視点から見ることを可能にしてくれることにつながっている。例えば、『キリスト教の精髄』において、三位一体の教理について言った有名な証明がある。それによれば、我々がこの教理を受け入れることに困難を感じるのは、我々がこの教理を適確に理解しようとしないことにあると言う。もし、この教理を別の角度から理解すれば――例えば二次元の世界に住む人間が三次元の世界の姿を把握し、説明するように――そのとき、この教理がどのような意味のものかを理解するようになると言う。「こういう風に見たらどうか」と提案する。

ルイスは神の存在を純粋に理性的な根拠に基づいて証明しようとしない。彼が用いる方法ははるかに興味深いものである。彼は神の存在を直接に証明しようとはしない。彼は我々が自分たちの周囲で見ること、また自分の内部で経験することが、キリスト教的世界観によって、いかにうまく説明されるかを理解するよう提案する。ルイスの護教家としての才能（我々はこの問題を後に詳しく取り上げる）は、キリスト教的視点がすべての人間に共通する経験を、他の見方――とくに、ルイス自身がかつて信奉し、熱烈に擁護していた無神論――よりも、はるかに満足のいく視点であることを明らかにすることにある。

ルイスは、彼の護教的著作のすべてにおいて人類共通の経験および万人が観察することに訴える。我々は自分の内的経験をどう理解し、周囲の世界で観察することを理解するのか。ルイスはキリスト教的な見方が、他の見方にまさって、存在全体の首尾一貫性を説明することを悟った。

現実全体の首尾一貫性を見ること、とくに憧れについて

一つの例、ルイスが謂う「願望に基づく神の存在証明」を取り上げよう。実のところ、これは論証と言えるものではない。それは、理論と観察結果とがどう合致するかを議論するものである。それは帽子やシャツを試着し、鏡に映る姿をみて、サイズが合っているか、似合っているかどうかを判断することに似ている。我々が観察する世界の事柄を、理論はどれだけ説明できるのか、それもどれだけ説得力を持つのか。ルイスが謂う「願望に基づく神の存在証明」は、願望という我々の経験が、いかに簡単にまた自然にキリスト教的見方に適合するかを見分けることを提案する。

先に私たちが見たように、現世的な経験が決して満足させることができないと思われる願望や憧れを我々が持つのだとルイスは言う。そのことは、どう説明されるのだろうか。ルイスは三つの説明をする。第一に、我々は現世において、間違ったことを願望するがゆえに決して満足されることがないということ。我々は願望の範囲を広げなければならない。そうすれば、我々は何が我々を真に幸福にすることができるかをいずれは見出すことができるかもしれない。ルイスは、これは我々が決して発見することのない何かを長い時間をかけて、絶望的な探索を続けるだけのことであると言う。第二に、我々は絶望のあまり、我々を満足させるものはないと考えて、一切の探索を放棄するだけであろうと言う。幸福を求めることを止めようということになる。

ルイスは第三の答えがあると言う。それは彼自身の経験に合致するものである。我々がこれらの憧れをキリスト教信仰のレンズを通して見るとき、もしキリスト教が真理であれば、我々が願望することがキリスト教の主張することと同じであることを理解するであろうと言う。キリスト教は、我々の真の故郷は現世ではなく、我々は天国に行くように創造されたと教える。「もしわたしが自己の内部に、この世のいかなる経験も満たしえない欲求があるのを自覚しているとするなら、それを最もよく説明してくれるのは、わたしはもう一つの世界のために造られたのだ、という考え方である[19]」。

つまり、ルイスが理性に訴えることは、言外に想像力に訴えるものがあることを明白に意味している。このことはおそらく、なぜルイスが現代人読者だけでなく、ポストモダン（現代）年代の読者にも訴える力を持っているのかを理解する鍵を与えていると思われる。ルイスは現代性とポスト現代性の間にわだかまるものの見方にある深い淵の間をつなぐ橋を築き、新しいものの見方を提示している。

それぞれのものの見方は、それらが全体の一部であるがゆえに、長所を持っている。しかし、どちらも全体の一部分しか見ていないのだから、それらの弱点は、互いを排除して、おのれこそが唯一のものの見方であると主張することに現れる。一旦「より大きな見取り図」の全体が提示されるとき、それら二つの見方は適正な光のもとに評価されることになる。

ルイスがキリスト教を受け入れる理由の一つは、キリスト教が自分の人生の意味を解明することを助けてくれたためである。人生の問題は物事を理解する以上のことである。人生の問題は曖昧なことや狼狽させられることにどう対処し、尊重すべき何ものかを発見して我々の人生を指導し、人生の意味を与えることである。

パノラマとスナップ写真

では、キリスト教はルイスが世界や人生の意味を見出すためにどのような助けになったのだろうか。一つは、「大きな見取り図」があることを悟らせたことであった。それは「小さな見取り図」の意味を明らかにするものであった。あるいは、見方を少し変えれば、一つ一つの小さな光景を捉えるスナップ写真がうまく納まる大パノラマがあるということである。ルイスはこのような言い方はしないが、これは彼の基本的作法を説明するために適切な言い方である。ルイスはそのような「大きな見取り図」の重要性を一九三六年に説明した。彼はそれを中世の文学――例えばダンテの有名な『神曲』を解説する際に用いた。『神曲』は宇宙および世界の全体的秩序について、説得力豊かな想像的展望を与える。ルイスは『神曲』などの作品が世界と宇宙に存在する「雑多で従属的な小事」をまとめ上げる「最高度の統一性」を反映するのだと語る。[20] ここでルイスは専門的で厳密な言い方をする。存在全体を見るには、陰になっている部分に照明を当てて、全体にある統一性に最も鋭い焦点に合わせる見方がある。ルイスによれば、それが「現実を理解するための想像力」であり、それは現実をあるがままに、忠実に観る方法あるいは「図像化（picturing）」する方法である。[21]

私たちは、ルイスが言おうとしていることを理解するために、この概念の内容をもう少し掘り起こさなければならない。彼の基本的考えは、キリスト教は物事の見方を提示するのであって、それは二つの重要なことを明らかにする。第一に、キリスト教は世界が無意味なもの、混沌としたもの、目的を持たないものではないのだと宣言する。世界は曖昧模糊としており、焦点がないように見えるかもしれない。そのために我々は世界に秩序を見ることができない。だからこそ、我々は焦点を見定めるためにレンズを必要とする。ルイスにとってキリスト教はレンズを提供し、我々が存在全体をより明瞭に見るようにしてくれる。あるいは、譬えを変えれば、我々はただの騒音ではなく、メロディーを聞くようになる。

第二に、ルイスはこの「大きな見取り図」が、我々自身の人生のような個々の小さなことの意味をも解明してくれると言う。我々は何か大きなものの中に位置づけられる。我々は大きな図像の中に置かれ、そこに一定の場所を与えられる。その図像は、我々なしには完結しない。我々は見慣れた世界が、より永続的で堅固なものであることを理解する。存在全体の大きな全体像を把握することは、我々自身の世界を――及び我々自身を――よりよく理解することになる。

この考え方について、ルイスには強力な支援者がいる。小説家ドロシー・L・セイヤーズも、キリスト教信仰が現実全体に意味を与える素晴らしい力をもつことを発見した。そしてそれがキリスト教の真理性の明らかなしるしであると考えた。彼女は、キリスト教信仰は「宇宙について、知的に満足できる唯一の説明を提供していると思う」と友人宛ての手紙に書いた。[22] 事実、セイヤーズはキリスト教のこの面に惹かれ、自分は「知的秩序と恋をしてしまった」のではないかと思うことがあると言う。[23] ルイスも、キリスト教が現実全体に意味を与える力がキリスト教の魅力の一つであると言う。しかし、知的なこと以外にも利点がある。キリスト教がルイスの想像力に対して強い刺激を与えたことや、美という主題を追求することに対する刺激を与えたことは、ルイスがキリスト教に惹かれたことのきっかけであろう。

では、キリスト教信仰を受け容れることで、何が違ってくるのだろうか。それを説明するための最も簡単な方法はリチャード・ドーキンスとC・S・ルイスを比較することであろう。ドーキンスにとって、宇宙には意味も目的もない。宇宙には善に関するいかなる想念もない。そうだとしても、我々は意味や善の観念を作らざるを得ない。その場合、我々は自分の人生を仮想上のことを土台にしなければならないことになる。我々は自分たちの人生には意味があると思い込むか、信頼すべき何らかの道徳価値があると仮定しなければならないことになる。しかし、その場合、心の奥底では、それが自分たちの発明した虚構であることを知っている。それは困難な人生に耐え、人生の謎や苦痛に対抗するために我々が作り上げたことであることを知っている。

ルイスはそれとはまったく異なる考え方を我々に提供する。人生には意味がある。宇宙にはより深い道徳的秩序がある。我々がそれらを発見するとき、我々は人生をその土台の上に築くことができる。これは善や意味を発明することではなく、認識することである。ルイスは神が意味と道徳を啓示し、保護する方であることを発見した。我々は新しい見方で物事を見るように招かれる。物事の新しい見方とは正しい見方である。それは誰かが我々に押し付けたからではなく、我々自身がそれの正しいことを発見し、それの確実性、信憑性を理解したからである。

こうして発見された意味を土台として我々の人生を組み立てるとき、我々が持つ将来への見通しが変化する。G・K・チェスタトンが言うように、より深い意味があることを知ることは人生をより興味深いものにする。「人は懐疑主義のジャングルの中では意味を見出すことはできない。しかし、明瞭な教理と計画・目的・意図がある森の中を進むときに、人はより多くの目的を見出す。そこではすべてのことが首尾一貫した物語を持つ[24]」。

しかし、意味を認識することは、人生をより興味深いものにすること以上に、我々の人生に重要性を付与する。我々はもはや単なる観察者ではない。我々は果たすべき役割を持つ。そしてその役割を果たす義務を負う。ルイスの説教「栄光の重み」の最後の部分で、宇宙に内在する意味が我々に課す重荷に言及する。将来、我々に与えられる栄光（そして我々の隣人に与えられる栄光）は、現世における我々の生き方を変える。

私の隣人の栄光が私に課する負担、重み、あるいは重荷は、何時の日にも私の背にかけられていなければならない……普通の人というのはいない。あなた方は単に死すべき人々に語りかけたことはない。国々、諸文化、諸々の芸術、文明――これらはすべて死すべきもの、そしてそれらの命運は、われわれにとって、ぶよの命と同じようなものである。しかし我々が冗談を言い合い、共に働き、結婚し、侮蔑し合い、利用し合うのは不死の人々である――それは不滅の恐怖であり、永遠に続く栄光である。……我々の慈愛は真実にして高価な愛であるべきであり、罪を深く自覚するもの、その罪にもかかわらず我々が罪人を愛すること……あなたの隣人は祝福に満ちた聖礼典に次いで、あなたの感覚に与えられる最も聖なる対象である。(25)

ここに示されるものの見方は自己中心的な考え方とは全く異なる。それは、世界中に行き渡っている「我々は飲み食いしようではないか、どうせ明日は死ぬのだから」という態度とは異質のものである。ルイスの考え方は、キリスト教がなぜ、多くの社会福祉事業や慈善活動、病院の活動などの土台となっているのかについての根拠の一部である。意味は重要である。我々が人生とは何のことかという問いに適正な答えを与えるとき、それは我々の人生に焦点を与える。そして、我々の視線を自分の外に向けることになる。

この問題について語るべきことはまだまだ多くある。我々はこの問題にこれから繰り返し戻ってくるであろう。しかし、以上で一回目の昼食会の会話としては十分であろう。ここで少し休憩しよう。そして、ルイスとの次の昼食会の準備をしよう。次は友愛の重要さについて考えることにする。

2

信頼すべき旧友たち

友愛についてC・S・ルイスが考えたこと

友愛は、哲学や芸術、宇宙そのものと同じく、必要のないものである（なぜなら、神はそれらを創造する必要がなかったのだから）。友愛は生き残る価値を持たない。友愛は、むしろ、我々が生き残ることに価値を与える多くのことの一つである。

C・S・ルイス「平等」

私たちがルイスと共にする第二回昼食会では、インクリングズという仲間たちについて話してもらうことにしたい。インクリングズとは誰であったのか。それはどんなことをしていたのか。ルイスは、この仲間たちにどのように助けられていたのか。いずれにせよ、C・S・ルイスについてよく知っている人々はインクリングズについて、詳しく知りたいと思うものである。彼らは一九三〇年代、一九四〇年代のオックスフォード大学で互いに知り合った、驚くべく豊かな創造力に溢れた一群の作家たち、思想家たちであった。この群から二〇世紀の古典文学の名作がいくつも生み出された〔Inklings（インクリングズ）とは、動詞の ink つまり「インクでものを書く」と、接尾辞の ling、つまり「（鳥の）雛」、「駆け出し」をつなげた造語で、ルイスがオックスフォード大学にいた頃につくられた言葉らしい。「物書きの卵たち」ほどの意。ルイスがいた頃のオックスフォード大学以外の所で用いられた形跡はない。訳者注〕。

しかし、ルイスはそれよりも本質的な問題——友愛について話し合おうと提案するに違いない。ルイスは、世から離れて一人で暮らし、一人で活動するような孤独な天才ではなかった。彼は自分を支え、励ましてくれる友人を必要としていた。彼はいろいろの刺激を与えてくれる友人たち、ルイスがよりよい人間になるため、またよりよい作家になることを可能にしてくれる友人たちを必要としていた。ルイスの友人たちの中には、例えばアーサー・グリーヴズのように、情緒的支えとなる者もいた。その他、例えばJ・R・R・トールキンのように、ルイスに知的刺激を与えてくれる者もいた。そして、ルイスとの第一回の会話の主題——神に対する信仰やキリスト教についての理解——について、オーウェン・バーフィールドやトールキンなど、親しい友人たちから計りしれないほど豊かな恩沢を受けた。

ルイスが友愛について最初に話し合おうと望むのはそのためである。ルイスはそれらの友人たちなしには霊的にも文芸上も巨人にはなれなかった。そして、私たちが友愛の問題を最大限の真剣さをもって取り上げることを、何の躊躇もなく要求する。私たちはどのような友愛を持っているのだろうか。私たちは友愛をはぐくむためにどれだけの時間を使っているだろうか。真の友愛の本性は何であろうか。これらの問いは、大した問題ではないと私たちは思うかもしれない。しかし私たちがよく生きるために不可欠のことである。友人は重要である。学校での友人、職場での友人は重要である。老年になると友人はさらに重要になる。それだから、フランシス・ベーコンの「古い薪は最もよく燃え、古いワインは最高の飲み物、旧友は最も信頼すべき友、古い作家は最も愛読すべきもの」という金言に大きくうなずく人が多い。

私たちは誰でも友人を必要とする。友人とは私たちを心にかけてくれる人、喜びを共にしてくれる人、私たちが辛い思いをしているとき、困難に遭うときに助けになってくれる人である。旧友はよき友、真の友であることが多い。友人たちは私たちが落ち込んでいるとき、落胆しているときに力となってくれる。彼らは私たちが最善を尽くすよう動機付けてくれる。人生がうまく行かなくなったときに、事態を収拾するのを助けてくれる。

友人が重要であるということを私たちは知っている。しかし私たちは友愛の本性を些細なことと見なす場合が多い世界に生きている。インターネットのソーシャル・ネットワーキング・サービスで得られる「友人たち」は、多くの人々の人生において、真の友人が占める場を奪ってしまった。これらのネットワークはアクセスの豊富さを売り物にしているが、調査したところでは、結局のところ、人生に満足を与えないという結果が出ている[1]。インターネット上の「友愛」は私たちの人生を以前よりもヒドイものにしている。

では、ルイスは真の友愛について、どんなことを言うのだろうか。真の友愛はなぜ重要なのだろうか。真の友愛の目的や楽しみは何なのだろうか。それがもたらす特典は何なのだろうか。また友愛が持つ危険は何だろうか。そして友愛はどのように機能すべきなのであろうか。

ルイスは一九二〇年代初めにオックスフォード大学で古典学を学んでいたころ、友愛に関する古典的な理解を豊かに得たであろう。古典文明は友愛を最大の特権の一つとして、また最大の責任を伴うものとして理解していた。アリストテレスは真正なる友愛と、単なる必要に基づく人間関係、快楽に基づく人間関係とを区別した。そのような必要や快楽に基づく友愛は、有用であり、楽しいものである限りでしか持続しない。それは、いわゆる「順風満帆のときだけの友」である。しかし真実の友愛はより深い関係であるとアリストテレスは言う。友人は互いに心配し合う。アリストテレスによれば、誰かが自分の最良の友だと思うのは、その人物が自分にどのような恩恵を与えてくれるかではなく、その人物の人生をどれだけ豊かにできるかということにかかっている。

アリストテレスにとって、友愛とは友人が持つ最良のものを引き出すものにかかわる。最良の友人たちは善なること、重要なることについて、共通の理解を持つ。そして互いに善を実現するために助けあう。友人たちは互いに相手の鏡となり、互いに「自分を見つめる」ことを可能にして「互いの道徳的経験を拡大し合う」[2]。そのような友愛は善の本性について共感を持つことに支えられ、よりよく生きようとする意志を共有する。それはかりそめのことではなく、より深いもの、互いがよりよい社会人になること——またよい社会人であり続けること——を可能にするものである。

ルイスはしかし友愛について他の人々が言ったことを学んだだけではない。彼は友愛について、自分の著書『四つの愛』で詳しく論じている。

『四つの愛』

第二次世界大戦中にBBC（英国放送協会）ラジオから放送された講話（後に『キリスト教の精髄』として出版された）の成功により、ラジオ講話の録音放送を多く依頼された。ルイスはそれらの依頼を、ただ一つのもの以外、すべてを謝絶した。一九五八年八月、ルイスは米国ジョージア州アトランタにある聖公会ラジオ・テレビ基金（the Episcopal Radio-TV Foundation）の求めに応じ、四つの講話を録音した。それぞれ一時間ほどのものであったが、四つの「愛」（愛着、友愛、性的愛エロース、恵愛）について、一回ずつ語った。ルイスの著書『四つの愛（*The Four Loves*）』（一九六〇）はこれらのラジオ講話がもとになっている。それは愛の諸相について（友愛も含めて）、今日でも刺激的で有益な論考である。この書にはルイスが長年かけて蓄積した知恵が凝縮されている。その中でも友愛の価値と役割に関する部分は、おそらく最も優れたものであろう。

これは晩年の著書であるが、いくつかの点で彼の他の著書と違っている。第一に指摘しなければならないのは、この書にはルイスの特徴である物語や逸話が用いられていない。ただしフィジェット夫人の人物像など僅かな例外はある。本書の他の部分にはそのような逸話がないために、それがとくに目立つものになっている。第二に、愛が奇妙なことに臨床的とも言えるほど客観的立場から分析されている。しかし、本書が書き上げられる前、一九五九年六月にルイスはジョイ・デイヴィッドマンと結婚していた。もしルイスが愛を、心を焦がすような圧倒的感情として経験していたとしても、そのことは『四つの愛』からはほとんど伺えない。ルイスが直前に結婚していたことを知らない読者は、愛についてこの書に展開される客観的分析を読んで、ルイスが結婚したことは思いつかないであろう。それとは対照的に『悲しみをみつめて（*A Grief Observed*）』（一九六一）は妻に先立たれて味わった感情の嵐に関する、最も優れた報告書である。ルイスは、望みさえすれば、感情的に力強い、深淵なる文章を書くこともできたが、『四つの愛』ではそれをしていない。

では、ルイスが友愛について考えたことの重要さはどこにあるのか。ルイスは友愛を、人生にとって肝要なもの、人生を変容させるものと見ている。それでも友愛は、目的のための手段であって、それ自身が目的となるものではない。無力な野心に燃える人が友を確保しようとする。それは自分が持つ自信を高めるためか、自分が持つ目的の実現を押し進めようとするためである。賢明な人物は、それよりももっと重要かつ尊いことを成し遂げようとする。そして、友がそれを可能にしてくれることを知る。『『友人』を持つことの第一の条件は、『友人』のほかに何かを欲することである」[3]。ルイスがいみじくも喝破するように、友愛は徳性改善のための手段ではない。友愛は「善良な人間をさらに善良にするが、邪悪な人間をさらに邪悪にする」。それでも善のあるところでは、友愛は善を実現することができるし、善を保つことができる。

ルイスは「友人」とは単なる知人以上のものであることを明らかにする。「多くの人は自分の『友人』について語るとき、友人とは単に自分の仲間であると考えている」[4]。ルイスはアリストテレスに従い、友愛とは二人の人物が、その二人以外の人々の共有しない洞察あるいは関心、あるいは趣味を共有することを知ったときに始まると言う。その時まで、彼らはその洞察や関心、趣味は自分だけが持つ宝（あるいは重荷）であると信じていた[5]。ルイスにとって、友愛は人生の最も深い問いにまで届くものである。

「君は私を愛するか」と問うことは「君は私と同じ真理を見ているか」と問うことである。あるいは少なくとも「君は同じ真理に『関心を寄せる』か」と問うことである。……他の人々がそっぽを向く中でこれに同意する人はわれわれの「友人」でありうる[6]。

ルイスの分析は、自分が本を書く時に友人たちがどのようにして助けてくれたか、また失望や困難を克服するために、どのように助けてくれたかを理解させる。

若い頃のルイスの手紙や日記からは、彼の交際相手は非常に少なかったこと、他の学生たちからは難しい人物、堅苦しい人物と見られていたことが知られる。なぜ彼が学部生のころ「重ルイス」と呼ばれていたのかは分からない。もっともありそうな説明は、彼が「生真面目」で、当時の普通の学生の習慣、とくにスポーツに優れ、大酒飲みの「体育会系」の学生の習慣に無関係と見られていたことであろう。おそらく、ルイスにとって友人が少なかったために、かえって友人が大事なものになったのであろう。

私はルイスの伝記を書くための下調べをしていたとき、どのようにして友人が彼にとって重要な存在になったかを理解するようになった。ルイスは比較的少数の人々に強い愛着を持った。それらの友人なしには、ルイスは二流、三流の人物になっていたであろう。ルイスの友人たちは、彼が困難にぶつかっているときに、度々、彼の著書や論文に対して貴重なアイデアを提供して助けてくれていた。

それでも、ルイスの友愛は常に気安いものではなかった。例えば彼とトールキンの友愛の場合のように、時には険悪になることもあった。一九四〇年代に、オックスフォード大学モードリン学寮の執行部に仲間割れが生じ、派閥の中には彼に対して敵意を持つものが多くいた。ルイスにとってモードリン学寮の居心地は急速に悪化していたことが、何年か後にケンブリッジ大学に移籍することの決定的な理由となった。

そこで、私たちがルイスと昼食を共にしている場面を想像してみよう。そこでは友愛が話題とされる。おそらく、最も明白な会話の出発点は、彼の人生にとって重要であった何人かの人物について語ってもらうこと、彼らがルイスの人生をどう変えたかを説明してもらうことであろう。

ルイスの友愛関係の核となる人々

ルイスが最初に結んだ真実な友愛の相手は兄ウォレン（ウォーニー）であった。ベルファストで家族が新しい家（「小さなリー」）に移り住んで以後、ウォーニーとルイスは親密な友人となった。当時、ベルファストに住む中産階級の間では、子どもを戸外で遊ばせなかった。学校にも通わせなかった。教育は母親と、一人の家庭教師によって行われた。戸外には病気が蔓延していると考えられていたからである。子どもたちは屋内で一緒に本を読み、ゲームをする以外に何もすることがなかった。ルイスとウォーニーは多くの本をむさぼり読み、想像上の世界についての物語を創り上げた。後にルイスとウォーニーは二人の合作で「動物世界」および「インド」についての物語、「ボクセン」を書き上げた。

一九〇七年の夏の休暇にフローラ・ルイスは二人の息子を連れてフランスに旅行した。その頃、外国旅行をするアイルランド人はほとんどいなかった。父は自宅に残り、ベルファストの法律事務所で仕事をしていた。家族たちはフランスに行き、ノルマンディの海岸にある家族向けホテルに滞在した。しかし、その一年後、一九〇八年秋にフローラ・ルイスは癌により死亡した。それは緩慢な死、苦痛に満ちた死であった。ルイスはまだ一〇歳の誕生日を迎えていなかった。安定していたルイスの世界は崩壊して粉々になった。その後二―三年、二人の兄弟はアイルランドにいる親族から遠く離れ、イングランドの寄宿学校で過ごしたが、その間、ウォーニーはルイスの唯一の仲間であった。

一九一四年四月に新しい友愛が芽生え始めた。それはルイスが春休みに自宅で過ごしていた時である。ベルファストの大手織物業者グリーヴズ家がルイスの自宅「小さなリー」のすぐ近くに住んでおり、その息子にアーサーがいた。アーサーはルイスより二歳年上で、ルイスの兄ウォーニーと同年であった。アーサーは健康がすぐれず、寝ていることが多かった。ルイスはアーサーから会いに来てほしいとの招きを受けて驚いた。ルイスはしぶしぶグリーヴズに会いに行った。

その頃、ルイスは北欧神話に興味を覚えていた。アーサーの寝室に招き入れられたとき、アーサーがまさに北欧神話に関する本を読んでいることに気付いた。突然ルイスはアーサーに関心を持った。ルイスはその本を指さしながら「その本が好きなのですか」と訊いた。アーサーは喜んだ。[7] ルイスが「北欧性」と呼ぶものを二人が共有していることが、生涯続く友愛のきっかけとなった。その友愛は一九六三年のルイスの死まで続いた。彼らは定期的に手紙を交わし合った。とくに一九一〇年代および一九二〇年代には、アーサーはルイスの腹心の友となった。アーサーはルイスにとって本当に重要な問題、彼を悩ませている問題について、心おきなく打ち明けることのできる相手となった。

しかし、二人の間には深刻な相違もあった。何よりも、ルイスはどちらかと言えば戦闘的無神論者であったが、アーサーは篤信のキリスト者であった。このことに関する不一致は非常に深刻なものであることがすぐに明らかになり、この問題については話し合わないことにした。一九一七年にルイスがオックスフォード大学に進学したとき、彼はサディズム・マゾヒズムに興味を寄せるようになった。それはアーサーに衝撃を与えた。ルイスはそれでも、この問題に関して語り合うことのできる人間を求めていた。アーサーはルイスが新しい興味を持つことになったことに批判的ではあっても、友人であり続ける人物を必要としていた。結局のところ、この興味は一過性のもの、一度経験すれば済むものであった。ルイスとアーサーの間には、一九一〇年代後半に、さらなる緊張が起こった。アーサーが自分は同性愛者であることが分かったと告白したことである。ルイスは、そのことが二人の関係を損なうことではないと言明し、二人の関係は変わらずに続いた。

アーサーはルイスが思い語ることとの反響板になった。ルイスはアーサーの判断を信頼し、アーサーの忠告を求めた。一九一七年に、ルイスとムーア夫人（彼の親しい友人パディの母親）との関係がこじれたときに、それを打ち明けることのできた相手はアーサーだけであった。パディは第一次世界大戦中に戦死した。ルイスが一九三一年にキリスト者になったとき、彼はアーサーに二通の手紙を書き、このの事情や回心の理由を明らかにした。回心の数週間後に書かれた第二の手紙にルイスの心境がかなり詳しく書かれている。その手紙は、ルイスが神の存在を信じることから、キリスト教を信ずることに至った決定的な経緯を解明する上で、非常に重要なものである。しかし、アーサーは学者ではなかったから、ルイスを悩ませた問題、文学の目的やその位置、キリスト教がどのように表現され研究されるべきかなどの問題に応答することはできなかった。

当然予期されることであるが、ルイスはオックスフォード大学の学部生との間に、また他の学寮の学部生との間に新しい友愛を結んだ。ルイスの学生時代の友人たちの中で最も重要な人物はオーウェン・バーフィールドである。彼はオックスフォード大学ワダム学寮の学部生で、ルイスは一九一九年に彼と知り合った。バーフィールドは疑いもなくルイスと同等の知性を持つ人物、あるいはルイスを凌駕する人物であった。一九二〇年にバーフィールドは英語および英文学の部門の試験で最優秀賞を得た。

二人は生涯にわたって変わらない友愛を保ったが、出会ったばかりの頃には、意見の違いが非常に大きく、ルイスはバーフィールドとの論争を「大戦争」と呼んでいた。しかしルイスは彼との対決を楽しむようになり、バーフィールドをオックスフォード大学における「非公式の教師のうちで最良かつ最も賢明な人物」と認めた。バーフィールドはルイスの無神論を突き崩す上で決定的な役割を担った。彼は無神論の還元主義的（reductionist, 物事を矮小化する）論法が首尾一貫していないことを明らかにした。ルイスは彼を信頼し、彼の知的判断に一目置いた。バーフィールドがルイスの無神論に疑問を投げかけたとき、ルイスはそれを真剣に受け止める以外に別の道がないことを知った。バーフィールドが執拗に問いかけた結果、ルイスは自分の無神論が首尾一貫していないという結論に到達せざるを得なかった。

バーフィールドはオックスフォード大学卒業後、一九三四年に弁護士事務所を開設し、一九五九年まで、有能な弁護士として活躍した。彼の顧客の中に、ルイスがいたことは言うまでもない。ルイスはこの旧友に、自分の死後、遺産の管理を彼に委ねた。ルイスは誰を信頼できるかを知っていた。

J・R・R・トールキンとルイスとの友愛

ルイスは一九二五年にオックスフォード大学モードリン学寮の特別研究員となり、彼の友人の範囲は幼少時や学部生時代のものを超えて、広がり始めた。ルイスの新しい友人の中で最も重要な人物は、オックスフォード大学のアングロ・サクソン語学教授で、言語学者のJ・R・R・トールキンであった。トールキンはルイスと同じく第一次世界大戦中に英国陸軍の士官として出征し、除隊後に学究生活に戻った。トールキンは北欧の言語と伝承に魅せられており、研究会を組織し、それを「コルビタール（Kolbitar）」と名づけた。研究会の目的は古代スカンディナヴィアの言語および文学の楽しみを広めることであった（トールキンは会の名称にアイスランド語で「石炭を齧る人々［coal-biter］」を意味するコトバを選んだ。これは古代北欧人の間で、冬に狩りにも出ず、戦闘にも参加しないで暖炉の前にかがみこむ人々、暖炉の石炭を齧っているように見える人々を嘲るコトバであった）。ルイスはこの小さなアイスランド・クラブに参加して、自分の想像力に非常に強い刺激を受け、かつて「熱狂的に夢見ていた北欧の空とワルキューレの音楽」に連れ戻された(8)。

トールキンとルイスとの友愛は二〇世紀の英文学にとって重大な結果をもたらした。この友愛がトールキンの『指輪物語』とルイスの『ナルニア国物語』とを生み出したと言っても過言ではない。トールキンが書き終えたばかりの原稿をルイスに読んでほしい、そして何か感想があったら聞かせてほしいと頼んだことからすべてが始まった。トールキンがルイスに見せた原稿は『リーシアンの歌』と題された長編の詩であった。それは我々が今日『指輪物語』として知っている長編物語の原型である。トールキンがその時点で「批判的友人」、励まし批判してくれる「人生のメンター」、彼が書いたものを重視し改善してくれる誰かを必要としていたことは明らかであった。トールキンはかつてそのような「批判的友人」を持っていた。しかしそれらの友愛は立ち消えになっていた。彼はものを書くことを助け、前進させてくれる人物、信頼するに足る人物を必要としていた。トールキンは自分が必要とするものをルイスのうちに見出した。

二人は物書きとして互いに励まし合った。二人は互いが相手について下す判断を高く評価していたので、それぞれが書いたものを互いに見せ合った。一九三〇年代初めに、トールキンは『ホビットの冒険』のいくつかの部分をルイスに読んで聞かせた。ルイスは『天路退行（*The Pilgrim's Regress*）』の原稿をトールキンに読んで聞かせた。

ルイスはトールキンをいろいろな面で助けたが、最も重要なことは、トールキンが書きかけのまま放棄していたものを完成させるよう説得したことである。トールキンは完全主義者で、書いたものを常に、何度も書き直すばかりで、なかなか完成させることができないでいた。ルイスはトールキンが必要としていた励ましをあたえ、傑作を完成させた。トールキンは後にルイスを回想して、ルイスは長年にわたり『指輪物語』の唯一の聴き手であったと語った。「彼が寄せた関心と、彼がその先をもっと聴きたいと熱心に求めなければ、『指輪物語』を完成させることは絶対に出来なかったであろう」[9]。

ルイスの『ナルニア国物語』に対するトールキンの影響はより間接的なものであった。一九三一年九月に、ルイスはトールキンともう一人の友人をモードリン学寮に招き食事を共にした。食事の後、学寮の広い庭を長い時間かけて散歩した。そのとき、トールキンはキリスト教の深い魅力が何であるかをルイスに理解させた。ルイスはトールキンと語り合った結果、キリスト教は「真の神話」であることを理解した。つまり、キリスト教は現実を歴史物語のかたちで事実そのままに言い表す方法であることを理解した。この基本的洞察に到達してから、約二〇年後に『ナルニア国物語』が完成した。今日それはキリスト教が語る歴史物語を翻案したものの中で最も優れたものと評価されている。

しかし、トールキンは『ナルニア国物語』を好きになれなかった。彼は書き方が稚拙だと思った。それにはいくつもの神話がまぜこぜになっている（サンタクロースが時代的にも地方的にもかけ離れたナルニア国になぜ現れるのかとトールキンは思った）。トールキンを最もひどく苛立たせたことは、彼の『指輪物語』の初期の草稿からアイデアを「借用した」のではないかということであった。一九五六年に『ナルニア国物語』シリーズの最後の巻が出版されたとき、ルイスとの関係は非常にこじれていた。

どうしてそういうことになったのか。ルイスとトールキンの友愛は一九三〇年代を通して、堅固なものであった。それは二人にとって非常に多産な時代であった。しかし二人の関係は一九四〇年代初めにぎくしゃくし始めた。それは小説家チャールズ・ウィリアムズとルイスとの間に友愛が芽生え始めた頃である。ウィリアムズはその頃オックスフォード市に移って来た。トールキンはウィリアムズにルイスの愛着を横取りされたと思い、ルイスがウィリアムズとの親しさを増すのを見て憤慨した。ルイスがトールキンの『指輪物語』からアイデアを盗用したのではないかとの疑いをトールキンが抱き始めたのは一九五〇年代初めであるが、それも事態の悪化につながった。最後に、ルイスがジョイ・デイヴィッドマンと秘密のうちに民事結婚をしたことも、トールキンにはかなりのショックを与えた。トールキンは民事結婚を認めていなかっただけでなく、そのことについてルイスから何の相談も受けなかったことがより大きな原因である。彼はルイスが自分を親しい友人とは見做さなくなったと思った。

二人の関係はますます疎遠になっていったが、それでも彼らは互いに対する敬意と称賛の気持ちを失っていなかった。一九五四年にルイスがケンブリッジ大学に新設された中世・ルネサンス期英語学教授として招聘されたとき、ルイスは乗り気ではなかったが、トールキンはルイスを説得して、それを受けさせた。また、最近発見された資料によれば、ルイスはトールキンを一九六一年のノーベル文学賞候補として推薦していた。『指輪物語』がその名誉に価するとした。

ルイスとトールキンの間の友愛が破綻したことの原因はおもにトールキンの側にあったことが明らかである。第三者として見るとき、トールキンは少々神経過敏であったようである。彼はことの成り行きの裏に悪意も邪意もないのに否定的に反応していた。このことは、友愛とは当然のものと考えてはならないことを示している。友愛が健全なものとして続くためには、常に更新し、ほころびを繕って維持するための努力が必要である。

インクリングズ

ルイスの人生において、最も重要な友愛関係は、おそらく個人的な関係ではなく、複数の人々からなる関係であった。それは我々が今日「インクリングズ」の名で記憶する非凡な人々の集団である。

ルイスの人間関係は、一九三〇年に新しい段階に進んだ。彼の兄ウォーニーは英国陸軍の軍務に就いていたが、退役することを決意した。当時ウォーニーは中国の上海に駐屯していた。ウォーニーは海外に勤務することが多く、そのために兄弟は共に時間を過ごすことができないでいた。ルイスの発案により、ウォーニーはオックスフォード市に定住することになり、ルイスとムーア夫人とその娘モーリーンと共に住むことになった。新しい住まい（窯、The Kilns）が購入された。そして一人ひとりがくつろぐに充分な広さの個室を持つことができるよう増築された。ルイスは大いに喜んだ。ルイスとウォーニーは再び一緒に暮らすことができる。彼らの間の友愛は、長く中断されていたが、それが再開されることになった。

ウォーニーはオックスフォード市に落ち着くとすぐにルイスの文筆生活に関係するようになった。彼はモードリン学寮に与えられていたルイスの住居の一室に陣取り、タイプライターを駆使して、ルイス家の歴史の編集をした。ウォーニーはフランス史を愛好していたので、フランス史研究を始め、『素晴らしい世紀――ルイ一四世の時代のフランス人の生活の諸相』（一九五三）に始まる一連の著作をものし、好評をもって迎えられた。その頃すでにルイスとトールキンは、ルイスの住まいで定期的に会い、それぞれが企画していた著作について論じ合っていた。ウォーニーがそこに加わることは全く当然のことであった。そこに徐々に他の仲間、オーウェン・バーフィールド、ヒューゴー・ダイスン、ネヴィル・コグヒルなども加わってきた。それはトールキンが後に回想するように、「会員制を持たず、選ばれずに集まってきた友人たちのグループ」[10]であった。彼らはキリスト教と文学という二つの共通する関心事項を持っていた。ルイスはこのグループを「インクリングズ」と呼び、その名称が定着した。

会員は全員男性で、週に二回の会合を持つようになった。火曜日の昼食時、彼らはオックスフォード市の中心から北に向かう広い並木道、セント・ジャイルズ通りにあるパブ「鷹と子ども」に集まり、最新のニュースやゴシップを語り合うことを楽しんだ。第二の会合は社交ではなく、仕事の話が中心となった。木曜日の夕刻、彼らはモードリン学寮のルイスの住まいに集まり、それぞれが（おもにルイス、トールキン、ウィリアムズ）書き進めている著作について話し合った。トールキンの『指輪物語』の初期の草稿などについても話し合われた。

このグループの価値を過大評価してはならない。例えば、チャールズ・ウィリアムズはオックスフォード市に移り住み、インクリングズに加わる以前に、名著のいくつかをすでに出版していた。トールキンは神経過敏で頑固な一匹オオカミであり、他人の批評に耳を傾けるような人物ではなかった。ルイスは『ナルニア国物語』の草稿をこの集まりで公表することはなかった。それでも、そこに集まった文筆家たちは、それぞれ自作を公表し、そこでなされた語り合いから多くの利益を得た。インクリングズの会合で取り上げられた作品の中に、ルイスの『沈黙の惑星を離れて（*Out of the Silent Planet*）』や『ペレランドラ（*Perelandra*）』、チャールズ・ウィリアムズの『万霊節の夜』などがある。

インクリングズは二〇世紀における最も重要な文筆家クラブの一つであると広く認められている。ルイスは『四つの愛』で、インクリングズという会の名称も会員の名も挙げていないが、インクリングズのような「友人仲間」が「当然のこととして受け容れられているまやかしに反逆する真剣な思想家」の核として重要であることを指摘している。[11] 旧態に争いを挑むためには連帯感と献身が要求される。その上に、ルイスはそのようなグループの仲間であることの特権をも強調する。「良き友愛においては、仲間の一人ひとりは、他の仲間に対して引け目を感じるものである。彼らは相手こそ素晴らしいと思い、そのような人々の仲間である自分は幸運であると思う[12]」。

では、インクリングズはなぜうまくいったのか。そして、私たちはインクリングズの成功から何を学ぶことができるのか。インクリングズがあれほどの成功を収めたことの要素を探り出してみよう。

第一に、インクリングズは「友人」の集団であった。彼らはお互いが何者であるかを知り、尊敬し合っていた。ある意味では、インクリングズはルイスを中心とし、それにトールキンの友人たちの集団であった。しかし、それだけでは、なぜインクリングズが友愛の網を創り出すことができたのかが分からない。会員の一人ひとりが、自分が尊敬されていることを知り、皆が自分について何を考えているかを知っていた。新入会者は念入りに調べられ、よそ者であることが判明した場合には次回から出席しないように感じさせられた。困ったことになるような場面もあった。例えば、トールキンが怪獣や妖精の物語を延々と読み上げるのを聞いて、ヒューゴー・ダイスンが退屈だと言い立てたことがある。ルイスはその場を収拾しなければならなかった。しかし、大体の場合、インクリングズの集まりはうまくいった。

第二に、インクリングズは「共同体」であった。それは志を同じくする人々、同じ関心事と問題意識を持つ人々の集まり、とくに文学を愛好する人々の集まりであった。ある意味では、全員が素人であった。彼らは文学を文学として愛していたのであって、文学を職業的に利用して立身出世を図ろうとは考えていなかった。会員の一人であったジョン・ウェインは後に回想して、インクリングズは反体制文化集団であると自覚しており、彼らは「現代の芸術や生活全体の流れの方向を変えて」[13]、すたれてしまった文学の高貴な手法を取り戻すために協力する仲間であったと言う。

しかし、インクリングズが成功した理由として、何よりも第三の要素を挙げなければならない。インクリングズは「批判的」友人たちの集団であった。つまり、彼らは互いに信頼し合い、互いの批評を受け入れ合っていた。それにより他の会員の作品を批評する権利を得たと考える友人たちの集団であった。時には作者と厳しい批評をする者との間に緊張が走ることもあった。しかし、皆の心にある意図は明らかであった。批評とは作者が持つものの見方とは別の見方を提供することであり、作者が自分自身をどう理解するかではなく、読者が彼をどう理解するのかを悟らせることである。批評とは手軽に点を稼ぎ、批評者の自尊心を高める方法でも、同僚を笑いものにすることでもない。批評の精神の核心にあるものは、よいものに注目し、それをさらによいものにすることである。

これは重要なことである。批評とは、日常的な場面では、何かについて否定的なことを言うこと、批判あるいは非難することを意味する。しかし、インクリングズの間にあった理解によれば、批評とは何かあるものを判定すること、それの長所と短所を確認することであった。日常的な意味では、批評とは純粋に否定的なことであるが、ルイスと彼の仲間たちの間では、積極的なことと否定的な要素が込められていた。そこでは、議論されるどの作品も肯定されるべき性質と、検討を加えるべき欠点とがあると考えられる。人々の中には、トールキンのように、批判を受け入れることに困難を感じた者もある。しかし、私たちがインクリングズの会合について知る限り、会員たちはインクリングズとは改善を促す触媒のようなもの、そして励ましを与えるものであると理解していた。

そのことは、最後の点に手際よくつながっていく。インクリングズは支援的かつ激励的環境を与え、会員たちが強められ、それぞれ自分の仕事を完成させることを可能にした。このことはとりわけトールキンにとっては重要であった。彼は自分の作品が批評家たちにどう受け入れられるのかが心配で、筆を進めることができないでいることが明らかだった。彼は書いたものを訂正してばかりいたので、多くの人はトールキンが何も出版できないと思っていた。インクリングズの会員の日記や手紙は、インクリングズが毎週木曜日の集会で、互いにどう支え合ったか、その支援の程度がどれほどのものであったかを我々に理解させてくれる。

そこで、インクリングズに関するこれらの考察から、私たちは何を学ぶことができるのか。最も明白な点の一つは、何か重要なことを行おうとするとき、支援と激励を受けることの重要さである。ルイスとトールキンにとって、物を書くことは彼らの人生にとって中心的に重要なことであった。ルイスは、自分が物を書くのを、他人が助けてくれるのを常々知っていた。それは書くことを励ますことによって、またすでに書いたものを評価することによって、そして、彼が書こうと思っている作品の構造を整理することを助けてくれることによって。ルイスは自分のすべての作品の著者ではあったが、それらの著作はほとんどすべて、彼が信頼する人々との相互作用により、練られ、立派に仕上げられた。

インクリングズの成功は、私たちに批評ということを積極的に見る見方を与えてくれる。残念なことに、他人を批評することにより、自尊心を強めることを方針とする人々がある。しかし、インクリングズの仲間の間では、批評は尊敬と連帯感のしるしであった。インクリングズの間では、批評は、議論されている作品およびその著者に対する連帯感を表すものであった。批評の目的は明らかであった。見込みのある作品を取り上げ、それをさらに優れたものにすることであった。逆説的な意味では、提案された批評は、その作品が注目に値するものであることの確認であると見られていた。

「友人の輪」に関するルイスの分析には、教会あるいは宗教共同体のイメージが各所に反映されている。それは真理への献身と真理を共有し、それを第三者に伝え、効果的に推奨するために結ばれた人々の姿である。ルイスは個人の限界を明らかにする。「友人の輪」が個人の持つ弱点を補い、長所を伸ばす。ここで指摘されることが特に重要であるのは、ルイスがしばしば護教的活動において、疲れを感じることが多いと洩らすことがあるのを理解させるからである。そのような時、彼は空虚感、孤立感に襲われるのだと言う（この問題は後の昼食会で取り上げる）。「友人の輪」は、この孤独感、孤立感に対する最も効果的な解毒剤であった。

ただし、この「友人の輪」のイメージとは対照的に、ルイスは友愛が極度に悪化することもあると警告する。それは単に関係が断絶するというだけのことではない。それは我々が友愛を偶像化すること、あるいは友愛を悪用することである。一九四四年にルイスはロンドンのキングズ・カレッジで「幹部連（inner ring）」と題する講演を行った。[14] この「幹部連」という文言でルイスは何を指しているのであろうか。基本的には「内集団（in-group）」のことである。それはうぬぼれの強い個人の小さな集団で、何が善で、何が悪かは自分たちが決めると考えている人々のことである。「幹部連」に属する人々は、「あいつはわれわれの仲間ではない」と言うが、それは「あいつはよそ者だ」、あるいは「あいつはまともな人間ではない」という意味である。

「幹部連」における友愛は権力の中枢に食い込む権利を得る手段である。友愛そのものは重要なことではない。それは総長室のドアをこじ開け、影響力を獲得するための道具である。それは自分が大物であり、重要人物なのだと感じさせてくれる。ルイスはオックスフォード大学で普通に行われていたことを例として挙げる。それは試験委員（オックスフォード大学におけるもっとも退屈な学務の一つ）に任命されることである。

太っちょで老いぼれのスミスソンがすり寄ってきて、「おいきみ、きみを今回の試験委員にすることが決まったよ」、あるいは「チャールズと私とはきみをこの委員会に入れることにしたよ」と耳元でささやきかけるとき、もちろんそれは恐ろしく退屈な学務を負わされることである。それは恐ろしく退屈な責任であるが……嗚呼、もし私が任命されないとしたら、もっと恐ろしいことだ。土曜日の午後を失うことは辛いこと、不健康なことではあるが、それでも、私が役立たずであるから自由でいられるとしたら、それはもっと悪いことだ。(15)

いみじくも、ルイスは「幹部連」の一員であることは友愛にかかわる問題では全くないことを喝破する。それは自分の頼りなさと大物でありたいという熱望の関係にかかわることである。それは「友人」を道具に使って、自分が望むものを手に入れようとすることである。我々が誰かを価値ある者とするとき、それはその人物その人の性格が問題なのではなく、その人物が我々に何をしてくれるのか、その人物をどう利用できるのかが問題になっている。彼らが我々の自尊心と自惚れを高揚させること、自分の力では絶対に獲得できない特権にありつくことを、彼らが助けてくれることを願う。我々が「徒党」の一員であることを願うことは友愛をおとしめることである。「真」の友愛は互いに愛着と尊敬を寄せ合い、関心事を共有する。ルイスが結論として言うように、「『身内』の中には追求すべき価値あるものはない」。真実に重要なものは純粋かつ単純な友愛そのものである。

そこで、私たちの第二回昼食会における話し合いの結論はどうなるのであろうか。ルイスとの第二回昼食会から学ぶべきことの中で恐らく最も重要な点は、友愛が真に重要な理由は、友愛が人を変革する力を持つということである。友愛は私たち自身にとっても、私たちの友人にとっても、人間を変革する力を持つ。これが鍵である。なぜならば、いかなるかたちの召命であっても、つまり奉仕であれ、職務であれ、行う価値あることを行うには支援と仲間を必要とする。孤立していては行えない。責任を果たすために仲間との協働が不可欠である。そのゆえに、友愛は私たちが自分の問題として常に問うていなければならないことである。私の友人は私にどのような影響を与えているのか。私の前には、支援団体を必要とするどのような務めが横たわっているのか。私はいかにして友人を支援できるのか。私は真の友愛を培うために、十分な時間とエネルギーを使っているか。そして、友愛とは目的なのか、手段なのか、それ自身において善なるものなのか、あるいは何かのために役立てるべきものなのか。素晴らしい教会の多くが、教会員を小さなグループに分け、それぞれの課題が何かについて話し合いをさせていることは偶然ではない。ルイス自身がその種の支援を与え、また受けてきた。私たちも同じようにしなければならない。

これまで私たちは二回、ルイスとの昼食会を持ってきた。しかしまだ、彼の最も有名な創作、『ナルニア国物語』については十分に検討していない。それを行うべき時がきた。ルイスとの想像上の昼食会で次の二回にわたり取り上げるべき主題は、ルイスが『ナルニア国物語』を現実世界の深層を洞察するためにどのように用いたのかについて話し合う。

3　物語で創られる世界
『ナルニア国』と物語の重要性

「子よ」と（アスランの）声が響いた。「私はこれからきみに、きみの物語を語り聞かせる。それは彼女の物語ではない。私は誰に対しても、その人以外の物語を語り聞かせることはしない」。

C・S・ルイス『馬と少年』

ルイスとの三回目の昼食会の時がきた。今回は活発な議論が起こると予想される。今回はナルニア国歴史物語について語り合うのだから。多くの人が、ナルニア国物語七部作はC・S・ルイスの代表的傑作だと考える。しかし、私たちが用意した質問を持ち出す前に考えるべきことがある。その物語はどのようにして書かれたのか。驚くべきことではないが、私たちに対するルイスの質問が待っている。

「**きみたちはどの物語の中に生きているのかね**」。

私たち現代人の耳には、この質問は昼食の席でナルニア国物語について話を始めるには奇妙なものに思える。それは児童向けの物語なのだから。しかし、ルイスは何かより深いことを問題にしている。ルイスが問題にしていることは、この物語がどのようにして書かれたのかということよりも、もっと根本的なことである。ルイスは私たちの人生の核心にかかわる問いを突き付けている。

当たり前のことであるが、私たちは誰でも物語のうちに生きている。物語は私たちの人生にかたちを与える「メタナラティブ」である。私たちはそのことに気付いているかもしれないし、気付いていないかもしれない。私たちの中のある者は社会の進歩という西洋特有の物語を想定して、その中で生きている。文明は（技術的に、社会的に、道徳的に）常に改善されていると考えている。他の人々はラジオやテレビが一日中流しているトークショーが売り物にする種類の物語、個人の進歩という物語の中に生きている。つまり、最も大事なのは個人であり、よりよい情報、より多くの情報がよりよい自分を有機的に作り出すのだとされる。さらには、被害者特有のメタナラティブに生きる者もある。それによれば、彼らの選択する生き方は、彼らが生きる世界に何の影響も与えないのだと言う。

そこで、ルイスは再び訊く。「きみはどの物語のうちに生きているのだろうか。きみはきみの物語を賢明に選んだだろうか。きみがきみ自身に語る物語に疑問を持ち、現実に合っていないのではないかと考えたことはないだろうか」。これらの問いは、私たちがナルニア国物語についての話し合いにおいて、最初に思いつく問いではないかもしれない。しかし、ルイスが言おうとしていることは、我々の人生においてより差し迫ったものと「思われる」問いは、例えば「どうすれば我々は勝ち組になれるか」という問いのように、現実を歪曲した物語であり、それは不安定な仮定の上にたてられているのではないか、ということである。

ルイスは自分が無神論者であった頃のことを思い出して、自分が何も考えずに、いとも簡単に時代に流行しているメタナラティブの虜になっていたことに驚いたと言う。どうしてそんなに愚かであったのか、と彼はいぶかる。自分はなぜ騙されたのか。「私の人生理論と私の実際の経験の間にあった笑止千万な矛盾に、とうの昔に気付かなかったとは、私が非常に愚かであったからに違いない」[1]。彼は結局、無神論という魅惑的なメタナラティブよりもはるかに強力で、はるかに魅力的、はるかに現実に即したメタナラティブ、創造と救済のキリスト教の「大いなる物語」によって、無神論の呪縛から解放された。

世界についての最もよい物語（story）は何であろうか。最も納得が行き、現実に即したメタナラティブ（metanarrative）は何であろうか。これはあまり緊急の問いであるとは感じられないかもしれない。しかし、ルイスは私たちがこの問いを真剣に受け止めるように要求する。私たちは第一回の昼食会で教えられたように、私たちがどのような物語のうちに生きていると信じているかにより、私たちの生き方は絶大な影響を受ける。

騙されるのは簡単である。一つの考え方の虜となり、世界を現実に即した見方で見ることができなくなり、その物語の世界にのめり込んでしまう。その結果、私たちは本来あるべき社会人になれなくなる。この事態を正さなければならない。

ルイスは一九四一年に行った説教「栄光の重み」で、我々の時代は虜になっていると言う。我々の時代は世俗的かつ世俗化するメタナラティブに呪縛されている。そのメタナラティブによれば、我々の運命と我々にとって善いこととはこの世のうちにだけにあると強調される。超越的世界があるという考え方、来るべき世界があるという考え方は、単に幻想に過ぎないと教えられ、そう信じるようになっている。我々が受ける教育課程はこの現代の神話と結託しており、人間にとっての善の源も善の実現も「地上に見いだされる[2]」と教えているのだと、ルイスは悲痛な声を上げる。

この「世俗性の邪悪な迷妄」から解き放たれる時がきたとルイスは宣言する。彼はいま何がなされなければならないかについて、何の疑いも持たない。我々の思惟は、この「邪悪な迷妄」で呪縛されているから、それから解放されるためにも、我々は「より強い魔力」を必要とする。ルイスは「魔力は、人々を虜にするためにも、虜を解放するためにも用いられる[3]」と言う。キリスト教は、時代の文化の想像力を虜にする物語、人々の想像力を引き付けることのできる魅力ある物語を示さなければならないと言う。ナルニア国という想像上の世界は、世俗的迷妄を破り、我々の想像力と心とを別の可能性に向けて解放するのだと言う。

ナルニア国物語は素晴らしい世界を展開するが、それは今日、児童文学の古典とされている。ルイスは自身には子どもがなかったけれども、他の人には真似ができないやり方で、子どもの心をつかむことができた。ルイスは自分が幼かった頃に、エドワード王時代の古典的児童文学を読んで感じた深い楽しみを思い出した。しかし、ルイスが繰り広げた物語は、子どもだけを魅了するものではなかった。彼が書いたサイエンス・フィクション三部作を読んで非常な楽しみを得る人々が多い。また、ルイス最晩年の小説『顔を持つまで（*Till We Have Faces: A Myth Retold*）』はルイスの作品のうちで最高のものであると感じる人々もいる。

しかし、ルイスの読者のほとんどは、ナルニア国歴史物語が彼の最高の作品であると考える。ナルニア国歴史物語七部作は一九五〇年から一九五六年にかけて出版された。七巻の中で最もよく知られているのは最初に出版された『ライオンと魔女』である。その書で読者はナルニア国、高貴なライオンのアスラン、そしてペベンシー家の四人の子どもたち、ピーター、スーザン、エドモンド、ルーシィのことを知る。

ルイスのナルニア国歴史物語が人々に与えた衝撃は大きかったが、それが着想されたのはルイスの人生が最低の状態にあったときであることを理解することが重要である。一九四〇年代の末、ルイスの人生は最悪の状態に陥っていた。英国は戦後の混乱を受けて、緊縮財政政策をとっていた（食糧配給制度を含めて）。彼はオックスフォード大学の少なくとも二つの上級の地位に昇進する機会を逃していた。モードリン学寮の教員控室では緊張が高まっていた。英文学部の教員たちの間では、戦後のカリキュラムをどうするかについて、意見が割れていた。ルイスは自分の学寮内でも、英文学部でも、大学全体でも、危険なほどに孤立しているのを自覚していた。

それに輪をかけるように、ルイスの私生活も混乱していた。ムーア夫人は認知症を発症し、世話をするのが難しくなっていた。ルイスの兄、ウォーニーは「窯（The Kilns）」で一緒に暮らしていたが、彼も難しい状況になっていた。彼はアルコール中毒に陥っていた。大学では、第二次世界大戦終熄後の急速な学生増によりルイスの負担も増え、過労状態にあった。チャールズ・ウィリアムズが一九四五年に突然に亡くなり、戦時中からの重要な友愛が途絶した。そしてトールキンとの友愛も破綻しかけていた。

それでもこの絶望的情況のただ中で、ナルニア国という魅力的な世界が創造された。ナルニア国歴史物語を書くことは、そのような現実から逃避するためであったのだろうか。ルイスは彼が想像する世界を、彼が職業上でも私生活上でも直面していた厳しい情況から気を逸らす手段として用いようとしたのであろうか。その可能性がなかったとは言えない。しかし、ナルニア国物語を書くことは創造的試みとして、書く楽しみのためのもの、よい物語が神学的アイデアを探求する方法の一つであることを試す方法を提供するのではないかと、彼が考えたと理解する方がより現実に即している。

今回と次回の二回のルイスとの昼食会で、ナルニア物語が人生の最大の問題のいくつかをどのように明らかにすることを見ていくことにする。今回は、ルイスがなぜ物語が重要であると考えたのかに焦点を当てる。いずれにせよ、彼は多くのフィクション小説を書いたのだから、彼にとって物語がいかに重要であったかを話し合うことから始めよう。なぜそもそも人生の意味についての論説ではなく、物語を書いたのか。

世俗主義の呪縛を破ること
——想像力に魔法をかけることについてルイスが考えたこと

ルイスは読書を愛した。一九〇〇年代初めには、ルイスは物語を読んで面白いと思った。彼の愛読書にはビアトリクス・ポターの『りすのナトキンのおはなし』（一九〇三）や、イーディス・ネズビットの数々の児童書の古典『砂の妖精と五人の子どもたち』（一九〇二）や『火の鳥と魔法のじゅうたん』（一九〇四）、『魔よけ物語』（一九〇六）などがある。ルイスはその後ジョージ・マクドナルドのい至らなかった。

「妖精物語」に出会い、それが彼に強い衝撃を与えた。ルイスはマクドナルドの想像力豊かな物語に直ちに魅了されたが、より深い諸問題を追求するきっかけとして利用することまでは何年も後まで思い至らなかった。

物語を語ることが特定の世界観を推賞し、広めるために効果的であることを、ルイスが深く理解するようになるまでには、いくつもの段階があったようである。第一の段階は、ルイスの人生に転換点が訪れたことである。それは一九三一年九月に、彼の友人、ヒューゴー・ダイスンおよびJ・R・R・トールキンと交わした長い会話がある。その時までにルイスは神の存在を信じるようになっていた。しかし、まだキリスト教に帰依するまでに至ってはいなかった。その頃のルイスの手紙には、彼にとって何が問題であったのかが明らかにされている。彼はイエス・キリストの物語は今日に生きる我々に何の関係もないと考えていた。

この問題に対するトールキンの答えがルイスの考え方を根本から変えた。トールキンは自分の答えの中心に「神話」という概念を用いた。それは専門的概念であるが、残念ながら誤解されやすい。ほとんどの人々にとって「神話」とは虚偽（偽り）を意味する。神話が本当のことを語っていると思われていた時代があったかもしれない。あるいは人を騙すために捏造された話だと考えられていたこともある。トールキンはこの概念を専門用語として用いる。その場合、神話とは「壮大な歴史物語(grand narrative)」、あるいは「物語による世界観」[4]を意味する。トールキンにとって福音書の物語は「より大きな物語」であり、それは何が善であり、何が真理であり、何が美であるかを、偉大な神話的文学によって捉え、「現実世界において遠くに響く福音・良きおとずれ（evangelium）のこだま、あ

るいは残影」を表現するものなのだと言う。(5)

トールキンは何を言おうとしているのだろうか。神話とは人々が世界の意味を理解するために語る物語であると、トールキンは言う。トールキンにとって、キリスト教は真理を求める心、憧れる心から生ずるこだまと影とを完成させるものである。それに対して、人間が創り上げる「神話」はその真理の断片を垣間見せるものであるにしても、真理の全体ではない。それは真の光が分かれ分かれになった断片のようなものである。それでも、充実した物語、真実な物語が語られるとき、物語は、すべて正義なること、賢明なることが、物事についての断片的な洞察のうちに成就される。

トールキンにとって、キリスト教はこの全体像を提供するもの、これら断片的で不完全な洞察を統合し、超越するものである。キリスト教は「真の神話」である。それは外面的には「神話」の様相をとる、つまり意味についての物語である。しかし、それはこの世に実際に生起したことである。そして、キリスト教が語る物語は、人々が自分について、そして彼らの世界について語るいろいろの物語を理解することを可能にし、彼らの願望や憧れを成就する。

ルイスはこの洞察が彼の人生を変えるものであることを理解した。第一に、その洞察によって、彼が愛した北欧神話が持つ意味を新しく理解することを、キリスト教がどのようにして可能にするかを理解した。つまり、北欧の神話は破棄すべき何か邪悪なものなのではなく、より深い何か(究極的には北欧の神話によっては捉えられないが)を把握しようとする試みの一つとして理解するようになった。しかし、それ以上に、トールキンの洞察は物語の重要性をルイスが理解することを助けてくれた。

よい物語は想像力を虜にする。それは教条主義的理性主義という「不寝の番をする竜」の目をすり抜けることができる。ルイス自身が発見したように、空想物語（例えばジョージ・マクドナルドの小説のような空想物語）は、ルイスの峻厳で禁欲的な無神論の限界を見破るのを助けてくれた。空想物語は、ルイスが人生において何かを見逃していたことを教えてくれた。それが何であるかを知ったのは何年も経ってからのことであったが、そのとき、ほかの人々を助けることができるであろうかとルイスは考えた。いずれにせよ、彼は文学を専門的に教える教師であった。文学について語るのではなく、独自の文学を創作してみてはどうか。

ルイスが真剣にそう考え始めたのは一九三〇年代末である。彼はH・G・ウェルズおよびその他の人々がサイエンス・フィクションを用いて、彼らのヒューマニズムや人類の未来についての楽観主義を広めていることに注目した。ルイスはウェルズを物語の語り手として尊敬したが、同時にウェルズが多くの物語を書いて、非常に強力に唱導した世界観に対しては心底からの嫌悪感を持った。

ルイスは同じ媒体、物語を用いてウェルズなどが将来への展望について提唱しているナイーヴな考え方に対して対抗できないであろうかと考えた。そうして出来上がった作品が一般に「宇宙三部作」あるいは「ランサム三部作」（主人公の名、ランサムに依る）と呼ばれる三つの小説である。彼の友人、ラジャー・ランセリン・グリーンに宛てて書かれた一九三八年一二月の手紙に、「惑星の間についてのことを神話として語るというアイデア全体」が気に入ったと書いている。そして、同じジャンルを、キリスト教に「対立する勢力」に屈服することなく、彼のキリスト教的ものの見方を擁護するために用いることができないかどうかを考えていると書いている。(6)

宇宙三部作において、ルイスは何をしたのか。単純に言えば、サイエンス・フィクション三部作によって世俗的・進化論的・楽観主義が軽量級のナイーヴな思想であることを明らかにし、三部作により人間性の暗黒部を明らかにしたということである。[7] これら三部作においてルイスが打ち出したアイデアは、もちろんそれ自体において読んで楽しい。しかし、それ以上に面白いことは、そのアイデアを打ち出すために用いられた媒体である。それは魅力的な物語であり、世俗的ヒューマニズムが持つ問題性を「語り明かす」物語であり、その欠点を「論証」する論文ではないことである。[8]

ルイスはどのようにしてナルニア国物語を書くことになったのか

どのようにしてナルニア国歴史物語を書くことになったのかと、ルイスは頻繁に訊かれた。それに対して彼はいくつかの答えを与えている。それらの答えを一つにまとめてみよう。

時間の流れの観点からすれば、ナルニア国物語が着想されたのは第二次世界大戦が始まった頃のことであるらしい。英国は一九三九年九月にドイツに宣戦布告した。ドイツ空軍による英国の都市への破壊的空爆の危険から子どもたちを守るために、子どもたちが、オックスフォードも含め、比較的安全な田園地帯の町や都市に疎開させられた。ムーア夫人もまず四人の「疎開者（Evacuee）」（と呼ばれていた）を「窯（Kilns）」に受け入れたほか、順々に他の疎開者を受け入れ続けた。ルイスは子どもたちがほとんど本を読まないことを見て驚いた。恐らく、ルイスはそれを見て、自分が児童向けの本を書こうと思いついたのだろうと思われる。モーリーン・ムーアは、その頃にルイスが児童向けの本を書くという考えを言い出したことを覚えていた。

ルイスは「ナルニア国物語のような物語」が「自分が幼かった頃に持っていた宗教心を麻痺させるような心理的抑制を解除する」ことを可能にすると理解した。[9] ルイスは何を考えていたのだろうか。ルイスは子どもの頃、物語が大好きであったが、キリスト教には何の興味も持たなかった。しかし、もし彼が大好きであった媒体が、自分には全く理解できなかった信仰、好きになれなかった信仰を抱擁することを可能にすることができるとしたらどうだったであろうか。もし物語により、彼自身が発見するまで二〇年もかけなければならなかった信仰の喜びの素晴らしさに目を開かれていたらどうであっただろうか。ルイスは自分が小さかった頃に読みたかった物語を書こうとしたに違いない。それは彼の想像力を刺激すると同時に、彼が後にキリスト教信仰に対する「想像力による歓迎（imaginative welcome）」と呼ぶものを与えてくれるものであった。

しかしまた、ルイスはナルニア国歴史物語を創造し、執筆する過程でイメージ（心象・図像、images）の重要さを強く意識していた。どのようなイメージがよいのか。ルイスはいくつかの例を挙げる。例えば、「そりに乗る女王」とか「崇高なライオン」などがある。それらはすべてナルニア国物語に組み込まれている。その中のいくつかは、彼がまだ一六歳であった頃から持っていたものであるという。しかし、それを物語にすることを具体的に考え始めたのは「四〇歳の頃」であったと言う。[10]

少なくとも書き始めた頃にはナルニア国歴史物語全体の「マスタープラン」を持っていなかったらしい。七部作の第一巻となり、七つの小説の中でも最高の傑作である『ライオンと魔女』は、読みやすいものであり、それ自身において完結した単独の小説としても読める。ルイスはこの第一巻だけで済ませようと思ったのであろうか。そうかもしれない。しかし、この見事な出来の初巻で語られる物語は、さらに多くのことに問いを広げていた。ナルニア国はどのようにして出来上がったのか。どうしてそんなに混乱した国になってしまったのか。そして何が起こったのか。

ルイスはナルニア国の物語のほんの一部を語っただけであることに気が付いた。彼は登場人物たちに、より豊かな肉付けをすることにした。それにより、彼らそれぞれの性格が、物語の筋書きおよび論理に沿って浮き彫りになるようにしようと思った。

ナルニア国物語を十分に深く味わうためには、それが何のために書かれたかについて熟慮することが重要である。J・R・R・トールキンの『指輪物語』は細部まで詳しく書かれた傑作であって、細部にわたって念入りに語られており、問題の処理されていない部分がほとんどない。ナルニア国物語はそれとはいささか異なる。ルイスは物語を語ろうとするが、細部にこだわらず、多くの問題を分析しないままで残していく。ルイスの親友の一人であった詩人、ルス・ピターは『ライオンと魔女』において、ビーバー一家が子どもたちに食事をご馳走するときに、どうやってジャガイモ料理を出すことができたのかと、ルイスに問い詰めたことがある。もちろん、冬のナルニア国ではジャガイモは育っていなかったはずである。ジャガイモ料理の後に出てきたマーマレード・パンに必要なオレンジや砂糖はどうか。それらはどこからきたのか。

確かに、ナルニア国物語の全体だけでなく、個々の巻には、つじつまの合わないことが多く書いてある。しかし、だから何だと言うのだろうか。ルイスは学術論文を書いたのではない。彼は読者を喜ばせ、同時により深い問題を導入することのできる物語を書いた。

では、ナルニア国歴史物語により、どのような主題を導入したのだろうか。それらの主題の中で最も重要なもの、どの物語を（そしてどの語り手を）信頼することができるのか、という問題を取り上げよう。

私たちはどの物語を信用することができるのか

ルイスが私たちに望むことは、私たちが物語によって形成された世界に住んでいることを知ることである。物語とは、私たちが何者であるかを教える歴史物語であり、そのような世界にとって本当に重要なことが何かを教えるものである。しかし、私たちは、多くある歴史物語のどれを信用すればよいのだろうか。西洋世界における支配的な歴史物語の一つは次のように語る。「私たちは偶然に存在しているのであり、世界は無目的で行き当たりばったりのプロセスによる偶然の産物である。私たちの人生の意味や目的は自分で考え出さなくてはならない。私たちに生きる意味はないけれども、最善を尽くして生きなければならない」。これはジャン・ポール・サルトルやリチャード・ドーキンスなどが好む歴史物語である。しかし、それでよいのか。この物語を語る人々を信用してよいのか。

それとは別の物語がある。それは全く異なる考え方をする。「我々は愛なる神により創造された価値ある被造物である。神は私たちが果たすべき特別な任務を与えるために世界を創造なさった。私たちは神にとって何か善なること、有用なることを行うことができるという特権を与えられており、それを果たす必要がある」という考え方である。これこそ、我々が聖書のうちに見出す考え方であり、今日まですべての時代の偉大なキリスト教思想家が異口同音に説いてきたものである。

これら二つの物語は絶対に両立しない。両方が共に正しいということはあり得ない。では、私たちはどちらを信用すればよいのか。ナルニア国物語においてルイスが成し遂げた偉大な業績の一つは、私たちが多くの競合する歴史物語の世界に生きていることを悟らせたことである。結局のところ、私たちはどの歴史物語が私たちにとって正しいのか、自分で決めなければならない。そしてどれが正しいかを決めた上で、私たちが信用する物語の世界のうちに生きる必要がある。ルイスはこれら二つの問題を私たちがどう処理するかを助けてくれる。

第一の問題は直截的で、分かりやすい。『ライオンと魔女』において、四人の子どもたちがナルニア国に踏み入ったとき、この神秘的な国についていくつもの物語を聞かされる。しかし、どれが正しいのか。ナルニア国は本当に「白い魔女」の国なのか。そうではなく、白い魔女は僭主に過ぎず、彼女の権力はアダムの二人の息子とエヴァの二人の娘がケア・パラベルの王座に就くときに破られるものなのか。ナルニア国は本当に神秘的なアスランの国であって、アスランは今にもこの国に戻って来ることができるのか。

徐々に、ナルニア国について語られるいくつもの物語のうちの一つが最高度の説得力を持つものになってくる。それは偉大にして高貴なアスランについての物語である。ナルニア国に関する一つひとつの物語は、このより大きな物語の一部であることが分かってくる。『ライオンと魔女』は「大きな見取り図（big picture）」を暗示する（ただし部分的に明らかにする）。そしてそれは、ナルニア国物語の残りの巻において膨らませられていく。いくつもの物語が組み合わされて展開する「壮大な歴史物語」は、子どもたちが観察し、経験する世界の謎を解き明かしていく。それは子どもたちが自分たちの経験することを新たな明確さと深さにおいて理解することを可能にする。それはあたかもカメラのレンズが景色に鋭く焦点を当てていく過程になぞらえられる。

ある人々にとっては、ナルニア国物語は子どもだましのばかばかしいお話のように見える。しかし他の人々にとっては根本的な変革をもたらすものである。後者の人々にとっては、これらの感動的な物語は、弱く愚かな者にとっても、暗い世界にあって高貴な召命を得ることが可能であることを肯定する。私たちの最も深い直観が物事の真実の意味を指し示すことが明らかにされる。宇宙の中心には本当に美しいもの、素晴らしいものがあることを明らかにする。そしてそれを見出し、心に抱き、熱愛することができることを明らかにする。

ナルニア国歴史物語の核となっているのは、キリスト教の「大いなる物語（big story）」である。それは創造、人間の堕罪、救済、そして終末の到来という「壮大な歴史物語」であって、それをルイスが想像力を駆使して翻案した物語である。善にして美なる被造物世界が人間の堕罪によって汚され、害され、創造者の権能が否定され、僭奪されてしまった。そこで創造者は僭主の力を破り、自らが犠牲となって世界を回復するために、被造世界に降る。しかし、救世主の到来の後も、罪と悪とに対する戦いは続き、それは万物が最終的に回復され、変革されるまで終わらない。

ここで私たちは、ナルニア国物語において、ルイスが強い説得力をもって主張する第二の点に導かれる。アスランの物語は、単にそれについて私たちが聞くだけのものではないということである。私たちはその物語の中に入り、それの一部になるよう、招かれている。これは理解しやすい点ではない。私ルイスは神のより大いなる物語により、私たち自身の物語に意味と方向と目標が与えられることを理解するように望んでいる。ルイスが何を言おうとしているのかを解明しよう。

私たちはそれぞれ自分自身のユニークな物語を持っている。しかし、私たち自身の物語は「壮大な歴史物語」、私たちの物語に新たな意味と重要性を与える「大いなる物語」に結び付けられなければならない。なぜなのか。それは、私たちの物語がより大きな何かの一部だからである。私たち自身の物語はより大きな何ものかによって枠が与えられており、それによって私たちは価値と目的を与えられる。ある意味では、信仰とはこのより大きな物語を心に受け入れ、私たち自身の物語をその一部とすることである。

ナルニア国歴史物語においてルイスが成し遂げた驚くべき業績は、読者にこの「大いなる物語」のうちに住むことを可能にしたことである。読者がその物語の中に入り込み、その一部となることがどういうことかを感じ取ることを可能にしたことである。『キリスト教の精髄』はキリスト教思想を理解させる。ナルニア国歴史物語はキリスト教の物語の中に歩み入り、それを体験し、その物語が世界に意味を与える能力により、その体験を判断し、私たちが真理、美、そして善について持つ最も深い直観に調子を合わせることを可能にする。もしこの七部作を、出版された順序で読むと、読者は、救世主の到来つまり「アドヴェント」を扱う『ライオンと魔女』によりこの歴史物語の中に入り込む。『魔術師のおい（*The Magician's Nephew*）』は創造と堕罪の問題を扱い、『さいごの戦い（*The Last Battle*）』は古い秩序の終わりと新しい創造の到来（アドヴェント）とを扱う。

残る四つの小説（『カスピアン王子のつのぶえ』、『朝びらき丸　東の海へ』、『馬と少年』、そして『銀のいす』）は、これら二つのアドヴェントの間の期間を扱う。ルイスはここで過去と、アスランが到来する将来との間にある緊張のうちに生きる信仰の生活の姿を探求している。そこではアスランは、記憶の対象であると同時に、希望の対象でもある。ルイスは、アスランがはっきりと見えていないときに人々が感じる強烈な憧れについて語る。あるいは、どのような悲観主義にも懐疑思想にも負けないたくましい信仰、それでいて品格のある信仰について語る。暗い世界にあっても、信頼する心を保って生きる立派な人々について語る。その人々を「鏡に見るようにおぼろげに」見ながらも、悪や疑いに満ちた世界に対処することを学びながら生きる人々について語る。

ルイスは登場人物一人ひとりの子どもたちの物語（特に七部作全体で主役となるルーシィの物語）がアスランの物語によって形成される過程を巧みに書き分ける。アスランに対するルーシィの愛は、アスランに対する彼女の連帯感によって表現される。彼女はアスランが望むことを行う。彼女は自分の物語を、アスランの性格を反映するものにしようとする。その結果、ルイスは、ルーシィのうちに「ライオンの強さ」が流れるのを感じるのだと語る。彼女はアスランの物語の一部となった。しかし、（この「しかし」が非常に重要である）、彼女は自分のアイデンティティを失っていない。彼女の物語は彼女のものであり続ける。しかし、ルーシィの物語は彼女が自分の価値と意味を悟ったことにより、さらに意味あるものになる。アスランの物語を自分の物語にとって中心的なものとして、心に抱くことにより、彼女は新たなアイデンティティと目的の感覚を得た。

ルイスはここで新約聖書の一つの主題、キリスト者の間で長く探求されてきた主題を発展させている。それは使徒パウロのガラテヤの信徒への手紙第二章一九―二〇節にある言葉、「わたしは、キリストと共に十字架につけられています。生きているのは、もはやわたしではありません。キリストがわたしの内に生きておられます」に言い表されたものである。信仰には、古い自分に死に、復活して新しい生命に生きるということを伴っている。私たちは自分の個性を失うのではない。むしろ、私たちは神に愛される個人でありながら、新たなアイデンティティを獲得する。言い換えれば、私たちは個人であることを失わずに、新しい個人となる。

ルイスはこの主題をナルニア国歴史物語として翻案する。我々は物事についての自分自身の判断基準（準拠枠 Frames of Reference）を持つことを止める。私たちは自分自身の物語が罠になり得ること、その罠にかかって、自分は自分で作った牢獄の囚人になり得ることを知るようになる。私たちは純粋に利己的な思いや行動のうちに閉じ込められる可能性がある。ルーシィと他の子どもたちは、「より大きな物語」があることを知り、その物語の一部になることを望む。彼らは自分たちの物語をこの「壮大な歴史物語」のうちに組み込むことにより、自分自身に死ぬ。彼らは自分自身に死に、アスランのために生きるようになる。彼らは自己中心的な物語を放棄し、アスラン中心の物語に生きる。そのことにより、現実の世界はより多くの意味を獲得するだけでなく、彼ら自身の人生に目的と価値と意味を付与する。

ここには優れた知恵が含まれる。私たちは次回の昼食会でこれらの問題を取り上げる。しかし、今回の昼食会が終わろうとするときに、ルイスは神学的主題を、ある種のキリスト教神学入門書が行っているよりも、より「現実的」なものとし、より分かりやすいものとすることの実例を示そうと願うに違いない。ルイスは目を光らせながら、ユースチスに対してなされた「非竜化」について語って聞かせてくれるのだろう。

現実についてのいろいろのイメージ
——ユースチス・スクラブの「非竜化」

ナルニア国歴史物語のどの巻が一番好きなのか、人によって違う。私は『ライオンと魔女』が一番好きである。それは、私が読んだ最初の小説が『ライオンと魔女』だったからかもしれない。あるいは、その歴史物語の力強さのゆえであったかもしれない。理由はどうであれ、私が一番好んで読む小説は『ライオンと魔女』である。しかし、『朝びらき丸　東の海へ（*The Voyage of the Dawn Treader*）』が好きだと言う人も多くいるかもしれない。なぜかと言えば、その巻で展開されるある一つの挿話のゆえであると思う。それはユースチス・スクラブが「非竜化」される話である。

『朝びらき丸　東の海へ』の開巻劈頭の数頁にある文章は、多くの読者がこの小説に多くある名文の一つであると考える。「いまからすこしむかし、ユースチス・クラレンス・スクラブという男の子がいました。へんな名まえでしょう？　ところがその男の子がまた、その名まえにふさわしい、へんな子だったのです」。ここでルイスは、ユースチス・スクラブを徹頭徹尾、同情心のない人物、利己主義の権化として描く。何よりもまず、彼を好きになることが難しいし、彼が「竜のような貪欲な考え方」をする結果、竜に変えられてしまっても、誰もかわいそうだと思わない様子が描かれる。

徹頭徹尾不愉快な人物であるユースチスは、ある日、魔力を持つ金貨や金の指輪・腕輪、金のコップや皿などを発見する。彼はそれを所有することで、すべての人の支配者となることができると考える。しかし、黄金が彼を支配することになる。ユースチスは、思うことも行うことも、完全に利己的であり貪欲である。彼自身の物語は自己中心的であり、自分の利益のことに集中している。ルイスはユースチスを竜にしてしまうが、それはユースチスがもともと竜であったからである。しかし、貪欲についての歴史物語と竜とは何の関係があるのだろうか。

ルイスは北欧の神話を愛好しており、竜のイメージも北欧の神話から借りた。彼は貪欲な巨人ファフニールについての北欧神話を取り上げる。その巨人は不正に得た利益を守るために、自分を竜に変える。ルイスはユースチスの物語が自己中心主義および利己主義の物語であることを、私たちが理解することを求めている。ユースチスは結局、自分の物語の罠に捕まってしまう。そして罠から逃げ出せないでいる。

それがルイスの明らかにしたい点である。ユースチスは竜になってしまってから、どうやって竜ではなくなれるのか。ルイスはユースチスが竜になった次第を描き、その後、どのようにして「非竜化」するかを、二重の変革として描く。その「非竜化」は、ユースチスの利己的で堕落した性格と、神の恵みの変革力とが明らかになるように描かれる。

『朝びらき丸　東の海へ』はユースチスが竜になってしまったことを、自分で悟り、恐怖に陥る様子を見事に描写する。ユースチス自身、自分が竜になったことを全く喜べない。そして竜の皮膚を必死になってはがそうとする。しかし、竜のうろこを一枚はがしても、その下にも竜のうろこが現れる。彼は自分の牢獄から抜け出せない。彼は竜になってしまったために、竜の皮の中に閉じ込められてしまった。

しかし、救いはすぐ身近にある。アスランが現れ、竜の肉に爪をかけ、引きはがす。ライオンの爪はユースチスの体に深く食い込み、彼はそのために激しい苦痛を、「私がこれまで感じたことのない苦痛」を感じた。そして竜のうろこが完全に除去されたとき、アスランは赤剝けして血だらけのユースチスを井戸に投げ込む。彼は浄化され、新しくされ、人間性を回復されて井戸から上がってくる。物語の筋は劇的であり、現実的、衝撃的である。しかしその歴史物語の力強さがキリスト教的主題が際立たせる。ルイスによれば、善意で組み立てられた一連の神学講義によっては、それが効果的に描写されることはない。そして、ルイスは竜のイメージを北欧の神話から借りるが、「非竜化」の物語は新約聖書の豊かな思想と比喩的描写表現を翻案している。

では、この生々しく語られた物語、力強く、衝撃的な物語から、私たちは何を学ぶべきであろうか。アスランがユースチスの身体を引き裂くというむごい描写が明らかにすることは、ユースチスが自分では抵抗できない力によって捕えられていることである。征服しようと望んだ者が征服されてしまった。竜は罪そのものの象徴であるよりは、人を罠にかけ、虜にし、獄に閉じ込める罪の力の象徴である。その力は「救済者」によってのみ破られ、征服される。アスランはまさにユースチスを癒し、新しくする者、ユースチスを本来あるべき姿に回復する者である。

井戸水の中に漬けられることは、誰でもすぐに分かるように、新約聖書が語る洗礼のこと、自分に死に、キリストの復活の生命に甦ることである（ローマの信徒への手紙六章参照）。（最近、『朝びらき丸東の海へ』が映画化されたが、ユースチスの「非竜化」の場面は省かれている。この映画には多くの弱点があるが、この点はとくに苛立たせ、不必要な弱点の一つである）。ユースチスはアスランにより、井戸に投げ込まれ、新たにされ、回復させられて水から上がってくる。

物語のルイスの語り口に戻ると、ルイスが言おうとしていることは、ユースチスが虚偽と妄想の網に囚われていたことである。彼に富と自由を約束した物語が、彼の罠となってしまった。ユースチスはこの物語の中に深くはまっており、彼は罠を破って抜け出すことができないでいる。アスランだけが、この物語の力を破り、ユースチスを別の物語、ユースチスが本来生きるべき物語の中に移すことができる。

これで、物語がいかに重要であるかという問いに対する答えが与えられたことになる。私たちが信じる物語が、私たちに自分が何者であるかについて思い込ませ、従ってどう生きるかを決定する。ルイスにとって、キリスト教は単に物事の意味を明らかにするだけではない。キリスト教は私たちの持つ物語を変革する。キリスト教は私たちに新しい物語の中に入り込み、その一部となるよう導く。ルイスはこのことについて語るべきことを他にも多く持っている。次回の昼食会で彼に会うとき、必ずそれらのことについて話し合うことにする。

4 世界の主とライオン

アスランとキリスト者の生き方についてC・S・ルイスが考えたこと

「アスラン、あなたは、またひときわ大きくなりましたわ」とルーシィ。

「それは、あんたが大きくなったせいだよ、ルーシィ」

「あなたが大きくなったからでは、ありませんの？」

「わたしは大きくはならないよ。けれども、あんたが年ごとに大きくなるにつれて、わたしをそれだけ大きく思うのだよ」


C・S・ルイス『カスピアン王子のつのぶえ』

ボニー・タイラーのヒット曲、「ホールディング・アウト・フォー・ア・ヒーロー（ヒーローを求めて）」が一九八四年に売り出されたとき、多くの人々の心をとらえた。とくに歌詞の一行、「私にはヒーローが必要」が有名になった。私たちは感動や激励を求めるとき、誰に頼るのであろうか。私たちのロール・モデルはだれであろうか。私たちは敬服することのできる人物を持つことを必要とする。そして、私たちがよりよい社会人になるように激励してくれることのできる人物を必要とする。

ルイスは文学に関する広い見識をもっていて、これと同じ結論に達していた。『アーサー王と円卓の騎士たち』の偉大な伝説には、初めから終わりまで、徳性を追求することについて描かれている。

この伝説は暗い時代に対する激励の物語であった。そしてルイスは自分のヒーローを創り上げた。それはアスランと呼ばれる特別に優れたライオンである。

私はある日、何人かの同僚たちと昼食を共にしていた。私はロンドンで講演を行うよう彼らに頼まれていた。私は彼らが何を望んでいるかを教えてもらおうとした。本格的な話し合いが始まる前に、彼らの中のある人物の一〇歳になる娘が少しの時間、加わってきた。彼は私を「この人はマクグラス教授ですよ」と紹介した。「C・S・ルイスのことをよく知っている人ですよ」。

少女の目が輝いた。「この次その人に会うときに、わたしはアスランが好きですと伝えて下さる？アスランはわたしが知っているライオンの中で、いちばん素晴らしいライオンよ。アスランのことをもっとよく知りたいわ」。

それは彼女だけのことではない。ほとんど誰でも、ナルニア国歴史物語の傑出した主人公、高貴なライオンのアスランは、恐らくルイスの文学的創造物として、最高のものだと思っている。ルイスは『ライオンと魔女』を、その構想や登場人物について、はっきりした考えを持たずに書き始めたらしい。そこへアスランがルイスの想像力のうちに「躍り込んで」きた。それで歴史物語のかたちが現れてきた。アスランが「物語全体をまとめあげ、間もなく他の六冊の〈ナルニア国ものがたり〉をも引きこんだのです」[1]。現時点ではルイスがナルニア国歴史物語七部作をどのようにして書いたかは不明であるが、中心的登場人物アスランを思いついた段階で、筆は自然に動いたのだろうと思われる。

では、アスランはどのようにしてルイスの想像力の中に躍り込んできたのか。私たちはいくつかの手がかりを指摘することができるが、どれもすべてを説明できるわけではない。最初に、ライオンのイメージはキリスト教の伝統的神学において、イエス・キリストのイメージとして重要な役割を果たしてきた。それは新約聖書においてキリストが「ユダ族から出た獅子（ライオン）」（ヨハネの黙示録五章五節）とあることに基づく。またルイスの親しい友人であったチャールズ・ウィリアムズの書いた小説『ライオンの場所』（一九三一）があり、ルイスがそれを読んで深い感銘を受けていた。

さらに、ライオンはルイスが子どもの頃に通っていた教会、ベルファストのストランドタウン地区にあったダンデラ聖マルコ教会の伝統的象徴であった。ルイスは子どもの頃、その教会の牧師館を度々訪れたが、牧師館の玄関のドア・ノッカーはライオンの頭をかたどったものであった。従って、ライオンのイメージを用いることになったのがなぜか、容易に理解できる。もちろんルイスがこのイメージを発展させたのは、それら最初の思い付きよりはるかに複雑なものである。

アスランはナルニア国で核心的な役割を担う。それはイエス・キリストがキリスト教信仰において核心的役割を担うのと同じである。アスランはイエス・キリストの「拡張された隠喩（メタファー）」とされることが多いが、この言い方は必ずしも的を正確に射たものではない。とくに、その言い方によってはナルニア国歴史物語においてアスランの臨在が発揮する尋常ならざる力（とくに『ライオンと魔女』、『魔術師のおい』、『さいごの戦い』などにおいて）を読み取ることができないからである。アスランは何ものかを暗示するメタファーではない。アスランは生きたヒーローであって、ルイスの文学作品、ナルニア国歴史物語の中心に立つ存在である。私たちはアスランを単に何か他の存在を象徴するもの、あるいは隠喩・暗号と見なすことはできない。私たちはアスランを独自の存在として認めるべきである。それはアスランが「暗示する」ことについて考えるだけでなく、アスラン自身が「何もの」であるかを認めることである。

　私たちはアスランを単純にキリストと同一視することはできないが、ルイスはアスランとキリストとが何らかの関係にあることを、私たちに悟らせようと意図していることが明らかである。アスランは私たちの理性を刺激するだけでなく、想像力を駆使させて、私たちがイエス・キリストについて考えるよう助けてくれる。ルイスはイエス・キリストがどんな存在であるかを言葉で「語る」のではない。彼はアスランがどんな存在であるかを具体的な実像によって「明示」する。そしてそこから先は私たち自身が解釈することを許している。「私たち」が世界に起こっていることすべての関連を把握しなければならない。アスランは非常に深い想像力と、精神的深さを持つ存在なので、ナルニア国物語の読者の多くは、アスランに惹き付けられる。アスランが何ものなのかを言葉で言い表すことが難しい。それだからこそ読者たちはアスランに惹き付けられる。ある意味では、アスランはイエス・キリストの想像上の代理者である。その意味で、アスランはキリスト者の人生におけるキリストの位置について、より真剣に考え始める手助けをしてくれる。

　アスランが「キリスト像」として見られるべきであることは疑いない。ルイスはそれが複雑な関係であることを明らかにしている。それは「想定（supposal）」として理解するのが最良である。「ナルニアのような国があったと『想定しよう』、そして私たちの世界において人となった神の子が、その国でライオンになったとしよう、そこで何が起こるかを想像してみよう[2]」。

　そこで、ルイスと昼食を共にしながら、アスランという存在が、キリスト教信仰の核となっている主題のいくつかをどのように明らかにするか、どのように照明をあてるかを調べてみよう。まず古典的な反論を取り上げよう。もし神がただの人間の発明であるとしたら、つまり私たちが人生をより意味あるものとするため、将来に向かって希望を与えるために夢想したものだとしたら、どういうことになるのか。この問いに対するルイスの答えは考察する価値がある。そこで、昼食をとりながら、このことについて、もっと説明するよう、ルイスに頼むことにしよう。

「より大きく、よりよい猫」――アスランと「願望の投影」の問題

ルイスは自分が若かった頃になぜ無神論者であったかについて話し始めるだろう。無神論に関する最も重要な主張は、ドイツの哲学者ルートヴィヒ・フォイエルバッハが一八四〇年代に打ち出したもので、それが一九世紀後半に小説家ジョージ・エリオットによって英国で広められた。フォイエルバッハやエリオットにとって、神とは人間が発明したものでしかなかった。神とは、人間の満たされない願望を投影したものに過ぎない。不安に駆られ、不満をかこつ人間が発明したものでしかない。この考え方は、心理分析学者ジグムント・フロイトの有名な言葉、神とは「願望充足（wish-fulfillment）である」に簡潔に言い表される。神とは人間の父親を模写したものである。フロイトはその著『幻想の未来』（一九二七）において、神とは人々が憧れる父親像を投影したもの、「人類の最古にして、最強かつ最も執拗な願望」の投影であると主張した。[3]

これらの考え方は西欧の知識階級の文化の中に、二回の世界大戦に挟まれた時代に広く、ほとんど無批判的に受け入れられた。事実、これらの考え方の人気は、それが真理であることのしるしである

と解釈された。キリスト教は幻想に基づいており、それは、私たち自身に意味と重要性を与えるために、私たちが創造したものだとされた。神とはある種の父親像を想像上の超越的スクリーンに投影したもの以上のものではない。現実にいる父親たちは十分に現実的であるが、神は単に私たちによって想像された父親であり、私たちが安心感を必要とするゆえに発明されたものでしかない。

そのような思想にどう反論することができるだろうか。一つの方法は、その考え方の論理的根拠そのものを攻撃することである。我々は神の存在を願うと仮定しよう。その願望があることが、神は存在し「得ない」と主張する根拠となるであろうか。もともと、キリスト教の天地創造論は、人間の頭脳と心に神への「帰巣本能」が植え付けられていることを指し示していると解釈することもできる。さらに、無神論にしても「願望成就」ではないのか。歴史家たちは、無神論が西欧文化の大きな勢力になったのは、部分的に、道徳論において、我々がもはや神を持ち出す必要を感じなくてもよくなったと思い、やりたいことを何でもやってよいと考えるようになったためだと言う。

さて、これらの議論は重要であるが、それとは別に、神とは人間の心情のある種の投影に過ぎないという主張の根拠を崩す思想の力として発展させることも可能である。しかし、それは、すべての主張と同じように、あまり興味をひく議論ではない。それは人間の理性に訴えるが、想像力に訴えるものではない。ルイスは人間の理性と想像力とを結び付けることにおいて卓越した能力を持つ。そこで、彼がこの問題をどう扱うのかを調べてみよう。その問いに対する答えを見つけるために、私たちは『銀のいす（*The Silver Chair*）』を見ることにする。これはナルニア国歴史物語七巻の中でも最も面白い小説である。なぜそれほど面白いのか。それは古代ギリシアの哲学者プラトンが用いた有名なイメージ、地底にある暗い洞窟のイメージを翻案したものだからである。

プラトンは、洞窟に閉じ込められた一群の人々について想像するよう私たちに求める。彼らは焚火の炎により自分たちの影が洞窟の壁に映るのを見る。彼らは壁に映った世界のことしか知らない。彼らは別の世界を経験したことがないので、影が唯一の現実であると思い込んでいる。存在する世界は洞窟だけである。洞窟が現実の範囲を限定している。しかし、私たちは彼らとは違い、洞窟の外に別の世界があること、それが私たちにより見出されるのを待っているのだということを知っている――少なくとも知っているべきだとされている――。

私がこの箇所を初めて読んだのは、一八歳の時で、私はまだキリスト教を知らない理性主義に凝り固まった若者であった。私はプラトンの比喩を典型的な現実逃避の迷信だと思った。「お前が見るものが、お前の持つものだ、そしてそれがすべてだ」と私は思っていた。それでもしかし、静かな小さい声が、私のうちで、それに対する疑いのことばをささやいていた。「もしこの世界が全体のほんの一部でしかないとしたら、どうなのか。もしこの世界が影の世界でしかなかったら、どうなのか。この世界を超えたところに、もっと素晴らしい世界があるとしたら、どうなのか」。ルイスは『銀のいす』において、プラトンの比喩を用い、強力な想像上の議論を展開してキリスト教を擁護する。

『銀のいす』のあらすじは映画『ミッション・インポッシブル』のあらすじに似ている。ナルニア国の王子リリアンは地下の国の女王の虜となり、地下の暗い洞窟に閉じ込められている。捕らわれの身となっている王子を救い出すために、パドルグラム（沼地に住む生き物、マーシュウィグルの一人で、軽い鬱状態の登場人物）、ジル・ポール、ユースチス・スクラブの三人が派遣される。いくつかの危険な冒険を通り過ごし、これらのヒーローたちは地下の国に到達し、そこで王子を発見する。王子は椅子に鎖で縛りつけられていた。彼らは鎖を断ち切り、王子を自由にする。

彼らが立ち去ろうとしているところへ地下の国の女王が現れる。女王は緑色の粉を暖炉に投げ込み、マンドリンのような楽器を取り出して、甘く魅惑的な音楽を奏で始める。燃える緑色の粉が放つ「あまく、眠りを誘うような」香りと、「低く単調なつまびき」で奏でられる音楽が彼らに魔法をかける。彼らは「地上の国」の記憶を失い始める。それは本当の世界、暗い洞窟を超えるところにある国である。ルイスはここで、私たち人間が持つ深い直観（私たちの人生には、私たちが自分たちの周囲に見る以上のものがあるという直観）が文化的に抑圧される様子を見事に思い起こさせている。私たちはこの「悪しき魔法」から解き放たれなければならない。ルイスにとって、その鍵は理性のうちだけでなく、想像力のうちにも、同じように多くある。

女王は侵入者たちに魔法をかけた上で、彼らが騙されているのだと思わせようとする。地上の国などというものはない。彼女の王国だけが現実である。彼らは地上の国があるという考えを発明しただけである。ナルニア国王子が反論する。地上の国は本当に存在する。それは地底のこの暗い王国のような国ではない。そこには太陽があると言う。そこで女王は、王子の言う「太陽」とはどんなものなのか、もっと説明せよと要求する。王子は辺りを見回して、天井から下がっている灯かりを見る。太陽とはあの灯かりのようなものです。彼は女王に言う。

「あのランプをごらんください。あれは丸くて、黄色い光を出し、部屋じゅうを明るくしています。その上、天井からつるさがっています。いまわたしたちの太陽と呼んでいるものは、あのランプのようなもので、ただはるかに大きく、はるかに明るいものです。それは地上のあらゆる国々を照らし、空にかかっています[4]」。

それを聞いて、女王はせせら笑う。王子はランプを見て、太陽という観念を発明しただけなのだという。太陽などはない。「あなたの太陽は夢なんです。その夢のなかでは、ランプをもとにしてかってに考えるほかになかったんですわ。ランプは、ほんとにあるものです。でも太陽なんて、つくり話ですわ。子どもだましのつくり話ですわ」。いずれにせよ、太陽は何から釣り下がっているのだと問われる。王子はここで答えに窮してしまう。

ジルが割って入る。アスランはどうなの。アスランは洞窟の外の世界の一部ですよね。女王はジルのセリフを聞いてあざ笑う。ジルはそのライオンを発明しただけなのだ。それは王子が太陽を発明したのと同じだ。アスランは単に想像された大きな猫に過ぎない。それは王子が大きなランプとして想像した太陽と同じだ。「お前たちは猫を見たことがある。そこで今、お前たちはより大きく、よりよい猫を欲しがっている。それをお前たちはライオンと呼んでいるだけだ」。彼らの「虚構」の世界にあるものは、すべて「現実の世界にあるもの、私の世界にあるもの、存在する唯一の世界」にあるもののコピーに過ぎないのだと女王は断言する。王子たちは騙されているのだ。今や現実の世界と向かい合うときが来ている。

その後、パドルグラム、ジル、ユースチス、そしてナルニア国の王子は、どうにか逃げ出すことができた。そして現実の世界に戻っていく。そしてそれが幻想の世界ではなく、現実に存在する世界であることを確認する。しかし、ここで語られることは、ルイスだけが与える答えではない。それよりも、ルイスの語り口が重要である。そこで、私たちはルイスの方法論に注目し、その知恵を深く理解しよう。

ルイスは「物語を語る」ことによって、「投影」理論を反駁する。彼が用いる方法の弁証力は、理性よりも想像力に働きかけることにある。私たちはルイスの言いたいことを私たちの想像力によって把握する。そして理性は想像力が捉えたことに何とか追い付こうともがく。要するに、ルイスの歴史物語は神信仰の起源についてのフロイトの説明を覆している。フロイトの一見気の利いた論理が実際には浅薄で皮相なものであることを暴いている。それをルイスはどのようにして明らかにしたのだろうか。

ルイスの読者たちは太陽があることを知っている。彼らは地下の領域で起こることを想像することができる。とくにルイスが借用したプラトンの国家論を読んでいれば、簡単に想像できる。また、その世界に一生閉じ込められた人物が、地下の国こそが唯一の世界であると思うであろうことを、読者は容易に理解することができる。その人物が洞窟の外に別の世界があると考えるのは騙されているだけだと主張するのを聞くときは、おかしくて噴き出してしまう。「一体、どちらが騙されているのか」と思う。私たちは現実の世界を知っているので、幻想が持つ皮相なもっともらしさに接しても、笑って済ますことができる。ルイスは私たちの想像力に訴える。ルイスは地下の王国の女王の議論の弱点を私たちが「見抜く」ことを助けてくれる。

ルイスの言いたいことは、フォイエルバッハやフロイトが自分たちの説が正しいことを私たちに信じさせるために西洋文化に魔法をかけたのだということである。彼らは彼ら自身の思弁的理論が、あたかも自明の真理であるかのように提示する。「愚か者だけが、神がいると思う」のだと主張する。ルイスは、第一に、彼らの方法が理論に過ぎないことを示し、第二に、それがとくに説得力を持つ理論ではないことを明らかにする。それは単に、ものの見方の一つ（つまり、それが理論という言葉の意味）でしかないことを明らかにする。そしてものの見方には、他にも多数あること、その中によりよい見方があることを明らかにする。ルイスの物語は、「投影」理論を批判する別の観点があることを明らかにし、投影理論が持つ弱点を、それも私たちが気付いていなかった弱点を、明らかにしている。

しかし、ここにもう一つ、見過ごされやすい問題がある。『銀のいす』の歴史物語は、地上の世界の存在を疑うことから始まり、アスラン自身の存在をも疑うことになる。このことをキリスト教の考え方で言い直せば（おそらくルイスはそうしたいと思ったのであろうが）、これはそもそも天国の存在を疑うこと、そしてイエス・キリストの存在を疑うことと同じである。ここで、ルイスの回心が二つの段階を経て起こったことを思い出すことが重要である。第一の段階では、ルイスは神の存在を信じることになった。彼はそのことが超越的領域としての天国の存在を信じることにつながっていることを知ったからである。[5] その後しばらくして起こった第二の段階では、イエス・キリストの神性を信じ始めた。『銀のいす』でなされる分析は、ルイスの回心の物語と並行している。ルイスは初めに超越的世界の存在を弁護し、その後にイエス・キリスト（『銀のいす』ではアスラン）の存在を弁護する。

そこで私たちはアスランをより詳しく観察し、ルイスがどのようにして、この輝かしい文学的創造を、イエス・キリストをより詳しく知るためのレンズとして用いているかを調べなければならない。

人格であって、教えではない

ルイスがアスランを描写するとき、もっとも特徴的なことは、アスランが畏敬と驚異の念を呼び起こす存在として描かれていることである。ルイスはこの主題をアスランが「野生的」であること、つまり敬意の念を呼び起こす存在、素晴らしい存在であることを強調する。アスランは家畜として馴致されていない存在、つまり、爪を抜かれて無力になった存在としては描かれていない。ビーバーは「あの方は、自然児なんです。かいならされたライオンじゃありませんからね[6]」と子どもたちの耳元でささやいている。

ルイスの巧みな言い方は、多くの人が考える以上に重要である。アスランは「かいならされたライオン」ではないと、ルイスは言う。ナルニア国歴史物語全体を通して、アスランは素晴らしい生きた動物として、出会う人々の心の奥に強い印象を与える動物として描かれる。アスランの名が初めて語られたとき、四人の子どもたちは「非常に風変わりな」生き物であると感じた。それぞれの子どもたちが経験することは異なっていた。エドマンドは「わけのわからない恐ろしさ」を、ピーターは「なんでもやれる気」を、スーザンは「なにか香ばしいにおいか、うつくしい楽の音」を聞いて胸躍るような気持になり、ルーシィは、誰でもが「たのしい休みか、喜ばしい夏がはじまった時」に感じるのと同じ感じがしたとある[7]。

平和とは何か
聖書と教会のヴィジョン

W.ブルッゲマン✣著　小友 聡／宮嵜 薫✣訳
コロンビア神学大学院名誉教授　東京神学大学教授／日本基督教団国立教会牧師

聖書は平和についてどう語っているか？　教会が果たすべき使命は何か？　現代を代表する旧約学者によるシャロームの神学への招き！　●本体2,900円　9月刊行

ヨハネ福音書入門
その象徴と孤高の思想

R.カイザー✣著　前川 裕✣訳
エモリー大学チャンドラー神学校名誉教授　関西学院大学准教授
(1934-2013)

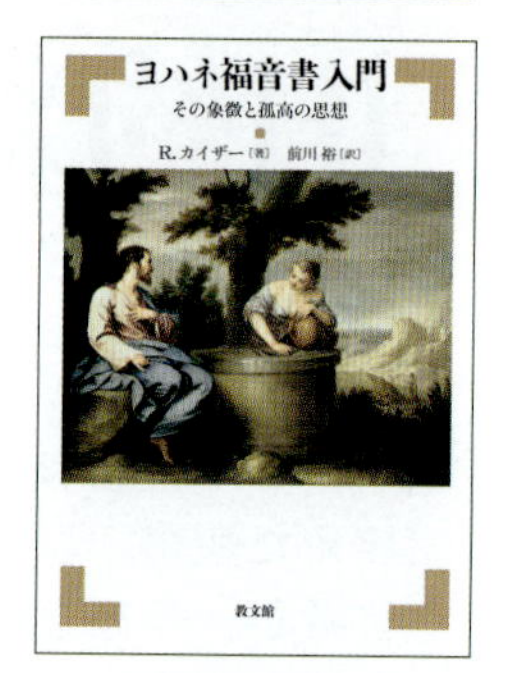

基礎的知識から現代での読み方までカバーし、その独自性を明らかにする。ヨハネ研究に取り組むほか説教学も講じた著者の初邦訳書。　●本体3,900円　8月刊行

福音とは何か
聖書の福音から福音主義へ

佐藤司郎／吉田 新✣編
東北学院大学名誉教授／東北学院大学准教授

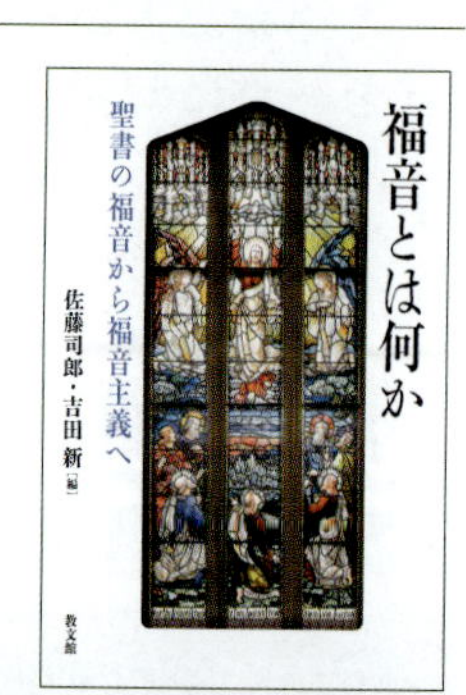

福音は歴史上いかに理解され、福音主義は教育の場でいかに伝えられたのか？　宣教の働きを継承する現代の教会が問うべき福音の意義を、広範な分野から考察する15の論考。　●本体3,600円　9月刊行

聞き書き 加
説教・伝道・戦

平野克己✣編
日本基督教団代田教会牧師

各地での伝道、実践神学
そして説教塾の設立な
りにした貴重な証言集
熱を抱く日本伝道への排

マックス・
「倫理」論

キリスト教史学会

『プロテスタンティズムの
ける〈ヴェーバー・テーゼ
に堪えうるのか？　キリス
のか？　研究者による徹底

神の国と世
キリスト教の公共的

稲垣久和✣編
東京基督教大学教授

新約聖書学から賀川豊彦の運
近代思想との比較に至るまで
の国」を多角的に捉え直す試
突破口を探る5つの論考！

子どもの賛美
イエスさまいるってほ

大塚野百合✣著
恵泉女学園大学名誉教授

やさしい歌詞に込められた
うだいげんかを」（作詞・
どものための賛美歌」の魅
めぐる、好評のエッセイ集

手塚

豪華9
公式ス
天地創
を描い
峰が、
●本体

本のご注文は、　お近くの
小社に直接ご注文の場合
キリスト教書部（Tel: 03-

アスランには何か特別なことがあることが明らかにされる。しかし、四人の子どもたちはそれを別々の仕方で感じ取っている。ルイスの歴史物語は、アスランに出会う人々がそれぞれ違った仕方で変革されることを常に強調する。福音書の歴史物語を読む人々が、イエス・キリストと個人的に出会うことについて、語っていることは明らかである。例えば、ザアカイや、サマリアの井戸端でイエス・キリストの出会った女性などがいる。彼らはイエス・キリストと出会ったことにより、別人に変えられる。彼らの世界は、初対面ながらも彼らについてすべてのことをすでに知っているように見える人物と出会うことにより、さかさまにされてしまう。

ルイスは当時のキリスト教界にあった二つの傾向に憂慮を感じていた。それら二つの傾向はどちらもキリストの威厳と神秘とを貧しいものにしていた。第一に、善意ながら、例えば「イエスは私たちの友だち」と呼んで、キリストをより近づきやすい存在であると説く説教者たちがいた。しかし、この「親しみやすいイエス様」というイメージは、しばしば「イエス様は私たちの友だちに過ぎない」と解釈されることが多かった。

ルイスの教育哲学の主要な主題は、私たちは世界を理解するために、視野を広めなければならないこと、私たちが厳しい現実に耐えるために狭い世界しか見ようとしないことを戒めることである。ルイスはナルニア国歴史物語において、このことを繰り返し説いている。アスランは、彼を理解しようとする子どもたちの能力を圧倒する。彼らはアスランをどうしても理解できない。彼らがどれほど力を尽くしてアスランの本性や目的を理解しようとしても、そのほんの一部を捉えることしかできない。アスランは善なる存在であるけれども、飼い馴らされてはいない。彼らはアスランを完全に知ることはできないけれども、アスランを尊敬し、信頼することを学ぶ。

ルイスが憂慮した第二の点は、神学者たちがイエス・キリストを矮小化された教義の定式に閉じ込めてしまったことである。ルイスはイエス・キリストに関する神学的命題がすべて悪いと言うのではない。例えば、伝統的な信条がイエス・キリストを「真の神」と宣言することは問題がないとする。ルイスが問題とすることは、それらの神学的命題がイエス・キリストの生きた実在の代替物にされてしまうことである。

ルイスはナルニア国歴史物語で、アスランの物語を「実際の受肉、磔刑、復活」の翻案とした。読者はアスランの物語を読んで、アスランが本当は何ものか、どのような意義をもつ存在かについて考え、結論を出すことが求められている。事実、ルイスはそれがどのような結論であるべきか、歴史物語全体にわたって、多くのヒントと手引きを与えている。しかし、ルイスの強調点は物語に置かれる。解釈は物語から引き出されるが、それは派生的なものである。もちろん解釈が重要ではないというのではない。ただし解釈は物語の全体像の一部でしかない。ルイスは私たちが、アスランを全体として味わうべき存在として見ることを求めている。アスランは単なる理論に還元されてはならない。ここに私たちはルイスが理性と想像力の双方に訴えていることをみる。それがルイスの主張の特徴である。彼はアスランの全体を「見る」ことを求めている。

ルイスの主張を注意深く聴きとらなければならない。イエス・キリストに関する神学的思索はほとんどの場合、学者たちが「啓蒙思想の課題」と呼ぶものの影響を受けている。それは信仰と神学の方法として理性主義的なものであり、主として一八世紀に始まったものである。この一八世紀的理性主義文化の主なテーマは、世界を理論に還元して征服する試みである。啓蒙主義の理性主義は、現実世界とは理性が征服できる何か、つまり理論に還元されるものであるという考え方を押し進める。その結果、神もイエス・キリストも人間の理性が扱えるものに還元されることが多い。威風堂々たるライオンも檻に閉じ込められ、その真実の姿を表せないように、神もキリストも理性主義の罠にかけられる。

ルイスはこの傾向に抗議する。とくにキリスト教信仰の核となる事実に関連することについて強く抗議する。ルイスはおそらく自分の回心の経験から、つまり、神が彼に近づいてきたことを悟った経験から、虚弱化された神論を拒否する勇気を与えられたのであろう。ルイスにとって、理論とは現実によって決定され、限定されるものである。しかし、多くの近代主義者・モダニストにとっては、現実は理論によって決定され、限定されるものである。ルイスの思想における最も際立った主題は、キリスト教の教義を第二義的性格のものとすることである。教義とは、「神が既によりふさわしい言語（つまり、キリスト教信仰それ自身の『大歴史物語』）で明らかにされたことを、概念や観念に翻訳したもの」[8]であると、ルイスは主張する。

つまり、ルイスは「理論とはそのまま我々が受け入れることを求められるものではない」と主張する。[9] 理論は現実との出会いを導くための仲介的なものであって、それが描写する事柄についての、部分的かつ希薄化された説明しか与えない。従って、理論が全体的かつ十全なる説明を与えることはない。理論による第二次的レベルにおける現実との取組みは、手際よくまとまっており、簡潔かつ見事に論理的である。しかし、理論は真のキリスト教が謂おうとすることには届かない。つまり生きた神との出会いには至らない。理論は想像力を完全に失うことなしには受入れることができない。理性が対応し得るまで希薄化された神は、礼拝の対象となる神ではない。

ルイスはイエス・キリストについての私たちの「理解」にはいくつもの限界があると言うが、彼の主張には確かさがある。イエス・キリストを神学的檻に閉じ込め、イエス・キリストを飼い馴らし、支配することはあまりにも容易である。ルイスが私たちに説くことは、イエス・キリストが私たちの主となって支配すること、そして、私たちがイエス・キリストの弟子となり、頭脳の修練を行うことは、私たちの知的視野を拡張し、イエス・キリストの真価をより完全に味わうことができるようになることである。

それでも、キリスト者の人生は、私たちの思想を整理することだけには終わらない。それは、私たちがどう生きるかに関することである。そこで、ナルニア小説が、私たちが道徳についてどう考えるべきかを、ルイスに語ってもらおう。

道徳についてルイスが考えること
――私たちはどのようにしてよい社会人になるのか

ナルニア国歴史物語七部作を、出版された順序で読むならば、[10] 読者は『ライオンと魔女』でアスランと出会う。その巻では救いの到来について語られる。『魔術師のおい』では創造と堕罪に関する大きな主題が扱われる。そして『さいごの戦い』では古い秩序の崩壊と新しい被造世界の曙が語られる。

どの巻をとっても、アスランは中心的重要性を担い、創造者、救贖者、審判者としてのイエス・キリストの役割を反映している。

他の四巻（『カスピアン王子のつのぶえ』、『朝びらき丸　東の海へ』、『馬と少年』、『銀のいす』）は、信仰生活の在り方を、アスラン到来以前および、アスラン到来以後の世界の枠組みのうちに入れて説いている。すでに述べたように、アスランは記憶の対象であると同時に希望の対象でもある。物語の登場人物たちは、記憶と希望の中間時代に生きなければならない。彼らは記憶と希望の間にある「影の国」の中を歩まねばならない。彼らはそこではもろもろの悪と疑念に襲われる。彼らはアスランをしっかりと見つめなければならない。そしてルイスは、この文脈において、アスランがどのように信仰生活を形成するかを探求している。

キリスト教は、私たちがどのように生きて振る舞うべきかに関するものであり、どう考えるべきかに関するものではない。第二次世界大戦中にルイスはＢＢＣで四回シリーズのラジオ講話を行ったが、その一つに「キリスト教的振舞い」と題する講話がある。また彼が書いた多くの手紙でも、ルイスは自分自身を正しいことを行う者になりたいし、誰であれ、それを助けてくれる人があれば、その人から学びたいと述べている。

ナルニア国歴史物語の主要テーマが、私たちがどのようにしてよい社会人になるか、そしてよい社会人であり続けることができるかということに集中されていることに驚いてはならない。アメリカの重要な倫理学者の一人、ギルバート・マイランダーが、ナルニア小説は「よい物語」以上のものであることを指摘した。ナルニア国歴史物語は、私たちが教師に従って生き方を学ぶ徒弟として、学ぶことのできる例を示すことにより、私たちが「性格を形成する」ための助けを与えているのだと言う。[11]

ルイスは子どもたちに向かって「よい子」であれと諭すだけでは十分ではないことを理解した。「よい子」であるとはどういうことであるか、「よい子」の実例を示す人物を我々は必要とする。ロール・モデルは幾千の言葉にまさる価値がある。高貴な生き方をする人物の物語を語ることが、高貴な道徳に関する抽象的な思想を解説する道徳の教科書を読むことよりもはるかによい。

ナルニア国歴史物語にはたくさんの物語が詰め込まれている。その中には模範的なよい振舞いに関するものがある。中には悪しき例もある。私たちはその両者から学ぶことができる。問題は、単に邪悪なことを行わず、徳を心に抱くだけでは充分でない。問題は私たちが、自分自身を厳しい眼で見つめ、私たちが難しい現実や、不都合な真実に直面していることを知ることである。徳を求めることは、確かに貴いことである。しかし、私たちには徳を求める前に、すでに行っている悪徳を正す必要がある。

キリスト教の霊性において、自己を知ることは常に重要なテーマである。それはルイスにとっても重要なことであった。私はルイスの伝記を書いていた時、一九一〇年代から一九二〇年代にかけてのルイスの生き方について問題を感じた。ルイスは自分の父親に対して、自分の財政状態やムーア夫人との関係などについて常習的に嘘をついていたし、それについて何の疚しさも感じていなかった。ルイスにとって人を騙すことは当たり前のことであった。それはとくに自分と父親との関係において、当たり前のことであった。しかし、一九三〇年に回心を経験して以後、全てが変化した。彼は自分自身の暗い面を取り上げ始めた。そして彼が自己に拘泥していたことを悟り、日記をつけることを止めた。最も重要なことは、ルイスが父親に対して行っていた振舞いを後悔するようになったことである。彼は自分が赦され難いことを行っていたことを悟った。

ルイスの最も親密な友人の一人であったオーウェン・バーフィールドは、「自己を知る」とは「自分の弱点と欠点とを自覚すること」(12)であり、成熟したルイスがそのことを理解したのだと指摘したことがある。ナルニア国歴史物語の主要テーマがそれと同じであることに、私たちは驚いてはならないであろう。ルイスにとって、アスランの主要な役割は、読者に自分自身が本当は何者であるかを気付かせることにある。アスランは強大な圧倒的存在として、私たちが自己欺瞞の虜となって牢獄に閉じ込められている情況から抜け出すことを助けてくれる存在である。アスランは私たちに自分自身の本当の姿に直面させ、ほんとうの自分とは何かを自覚させてくれる。

ルイスが何を考えているのかを知るために、よく知られている例を一つ挙げよう。『魔術師のおい』で、眠っている意地悪な女王、白い魔女ジェイディスを誰かが起こしたとき、大変なことが起こる(ジェイディス女王は、人々に魔法をかける力が一時的に弱ったのを悟り、自分自身に魔法をかけて眠りについた。すぐ近くに黄金の鐘を残し、時期が到来すれば、その鐘の音により目覚めさせられるようにしておいた)。しかし、誰が女王を起こすような愚かなことをするのだろうか。王女が邪悪な影響を振りまくのを助けるようなことを誰がするのか。

ディゴリーはアスランに訊かれて、鐘を鳴らしたのは自分であることを白状した。ディゴリーは自分のしたことについていい加減な言い訳をする。それを聞いてアスランはディゴリーを睨みつける。そこでディゴリーは泣き崩れ、自分の失策を認める。彼は自己正当化のための哀れな試みを放棄し、自分のしたことに対する責任を認める。アスランの眼差しは、ディゴリーに対して、ディゴリーに事実を告白させる。それはあたかもアスランが鏡となり、私たちが、自分が本当は何ものであるかを見ることを可能にする。あるいは、アスランは、私たちが実際には何ものであるかを暴露する光となる。それが私たちにとってどれだけ辛いことであっても。

アスランは私たちが徳を身に着けるために、罪の力を打ち砕き、善の力を心に抱くことが必要であることを、私たちが学ぶことを助けようとする。ルイスによれば、それら二つのことは、どちらにとっても神の恵みが不可欠である。ルイスがアスランを「霊的影響を及ぼす」ものとして描くのは偶然ではない。アスランには、私たちが自分の力だけではできないこと、しようとも思わないことをさせる力がある。アスランが、例えばディゴリーのような人物、およびナルニア国のその他の住民たちに出会う物語には、神の恵みの豊かさを説く神学が湛えられている。

ルイスはここで、霊性に関するキリスト教の古くからの伝統に見られるテーマ、つまり私たちがよりよき社会人になる決意をするためには、キリストについて瞑想し、私たちの罪がどのようなものであるかを突き止め、それと対決することが不可欠であるというテーマを展開している。しかも、このことはナルニア国歴史物語の読者に拙劣なやり方で押し付けられているのではない。人間の事情に通じている人々にとっては、ルイスが描く情景は、重点を的確に捉えていることが知られている。例えば、『ライオンと魔女』において、スーザンとルーシィが死んだアスランの身体をなでさする場面が描写されるが、読者は中世の「ピエタ」（ミケランジェロの彫刻、マリアがイエス・キリストが十字架の上で死に、取り降ろされた遺体を抱き嘆く姿）の図像をただちに連想するであろう。ただし、ルイスの物語は、彼の小説の読者全員に、もし彼らがキリスト者であれば、ルイスの言いたいことが完全に明らかになるように書かれている。それは、私たちが、悪を行うことを止め、善人になるためには、助力を必要とするということである。

そこで、徳とはどういうことなのか。ルイスは古典文学および中世文学の専門的研究家として、よい人生を求めることの重要性を熟知していた。この問題はナルニア国歴史物語七巻すべてを通して、またJ・R・R・トールキンの『指輪物語』全巻で扱われている。彼らは二人とも、複雑かつ混乱した世界に生きる人々にとって、優れた品性を持つ社会人、有徳な社会人に学ぶことが必要であることを明らかにした。善は善なる社会人が、彼らを囲む世界にある悪に対して立ち上がらなければならず、そうしなければ善は勝利しないことを明らかにした。

ルイスもトールキンも、この困難な課題を担うために召し出されるのは、しばしば弱く低い身分の人々であることを明らかにしている。トールキンは、そのことを、身分の低いホビットが、悪党たちを倒し、安全を確保するために闘う役割を担う顚末を描いている。ルイスは、最も愛すべき生き物の一つ、リーピチープというねずみ、取るに足りない存在、低い身分の存在が、偉大なことを成し遂げる姿を描いた。

リーピチープは小さなねずみであるが、自分は偉大な召命を与えられていることを悟る。ただし、リーピチープはそのことを完全に理解してはいない。『カスピアン王子のつのぶえ（*Prince Caspian*）』では、リーピチープは勇敢であり、同時に礼儀正しい騎士として描かれる。『朝びらき丸　東の海へ』では、彼は自分に与えられた任務を達成するために情熱を発揮する存在である。彼は自分の栄光や名声を得ることを考えているのではなく、自分が求めることを実現しようと努めている。それは「東の涯」に行き「アスランの国」を発見することである。

リーピチープのモデルは明らかに中世の騎士、高貴な魂の持主で騎士道に徹した勇敢な騎士[13]である。リーピチープは武勇と清廉さを兼ね備える。ルイスはリーピチープが勇敢に、かつ高貴に振る舞うのは時折だけではないことを私たちに分からせようとする。ルイスが言おうとすることは、リーピチープが高貴で勇敢なねずみとなり、そのことが彼のすべての判断と行為を決定しているということである。リーピチープが何もので「ある」のかが、彼が何を「行う」のかを決定している。

ルイスは私たちがどのようにして徳を身に着けようとするかという大問題について、彼一流の説得力ある方法を提示する。それは道徳哲学に関する講義をすること（もちろん、ルイスがオックスフォード大学で行った最初の講義はまさに道徳哲学講義であったことを忘れてはならない）ではなく、有徳な行為とはどのようなものかを私たちが具体的に見ることができる物語を語ることであった。ルイスは有徳な行為とはどのようなものであるかを物語によって具体的に示し、私たちがどのようにして有徳になれるのかを理解するのを助ける。

そして、直接的であれ、間接的であれ、それらの徳に関する物語の中心にはアスランがいる。アスランは徳の物語が語られるとき、究極の霊感の源である。この徳の物語の一部になることは特権であり、その特権は責任を伴う。私たちは、私たちが果たすべき役割を遂行するべく召し出されており、私たちはその召命にふさわしく生きなければならない。ルイスはナルニア国歴史物語によって私たちのロール・モデルを提示し、いかに取るに足りない地位の人であっても高貴で有徳な存在となり、世界の大きな流れに影響を与えることができることを理解させる。

以上のことが、人生の意味の問題に対する答えを求めるときに、ルイスがナルニア七部作に登場させる人物たちを研究することが有益であることの理由である。その問いが神の真の性質についてのものであれ、私たちがどうすれば善良な社会人になれるかという問いであってもよい。ルイスはナルニア七部作を通して、これらの真理について説明するのではなく、物語によって具体的に示している。この方法を用いることにより、ルイスは二〇世紀における最も愛されるキリスト教作家となった。

私たちがナルニア国物語についてルイスと話し合うのはこれが最後であることを、彼は喜ぶであろう。彼が書いた手紙を読むと、ナルニア国物語で扱われるいろいろなテーマについて人々と話し合うのが少々辛いことだと思っていたらしいことが伺える。その人々はルイスが個人的な話し相手になってくれることを要求していたからである。それで、私たちの次の想像上の昼食会では、彼が自分で自分に課した著作分野、キリスト教護教論に関する話し合いに進むことにする。

5　信仰について語る

護教論の方法についてC・S・ルイスが考えたこと

私たちが宗教的に信ずることは、常に知的に知解可能なことであり続ける。信仰が知性を強制することはない。信仰が知性を強制することになった時は世界が終わりに近づきつつある時だと私は思う。

C・S・ルイス「宗教とロケット」

私たちがルイスと共に持つ想像上の昼食会で、伝えられないことが一つある。そこではルイスの声、話術を伝えることができない。ルイスの「文学上の話術」がどんなものであるかは、彼が書いた多くの著作から感じ取ることができる。しかし、ルイスはどのような語り手であったのか。

私は、ルイスの講義を聴いた人々から、彼らが経験したことについて、たくさんの手紙をもらった。ある人々はケンブリッジ大学でルイスの講義を聴いた日々について書いてきた。ルイスは帽子とマフラーを身に着けたまま講義室に入って来て、そのまま講壇に登り、講義を始めたという。今一つの手紙はもっと興味深い。それは第二次世界大戦中にオックスフォード大学の学部生であった人物からの手紙である。彼はある日の夕方の講義で、ルイスがキリスト教信仰について語るのを聴いた。彼によれば講義室は「興奮の坩堝と化した」という。「私の友人たちも私も、その時、その場で悔い改め、洗礼を受けようと思った」と言う。

キリスト教信仰に関するルイスの深い情熱にあふれたスピーチや著作は、彼に史上最大のキリスト教護教家の一人であるとの名声をもたらした。ルイスが一九一九年にオックスフォード大学の学生になったとき、彼は後代に自分が無神論詩人として記憶されることを願っていた。つまり、自分の言語能力と雄弁さにより、神観念のもっともらしさを破壊しようと考えていた。しかし、結局のところ、彼の前で崩壊したのは、退屈かつ喜びの欠如した無神論のもっともらしさであった。

何がそのような変化をもたらしたのか。ルイスはどのようにして、怒れるキリスト教信仰批判者から、説得力に溢れた護教家になったのか。ルイスがキリスト教に好意的関心を寄せるようになったこと、キリスト教を理性および想像力との関連で理解するようになった過程において、二つの大きな影響を受けたことが知られる。第一に、オーウェン・バーフィールドを初めとする友人たちが、ルイスの無神論が持つ問題を指摘し、ルイスがそれに反論できなかったことである。第二に、ルイスが、例えばG・K・チェスタトンなど、キリスト教思想家の著作を読み、それらの思想家が世界を観察し、理解し、経験する方法について、豊かで現実的な方法を提示していることを理解したことである。ただし、これらの人々はキリスト教をルイスにとって魅力あるものにすることはなかった。彼らはキリスト教の広さ、深さをルイスに理解させただけである。

ルイスは護教家となったが、それは、例えばG・K・チェスタトンのような、他の護教家に助けられてキリスト教信仰を受容することができたからであった。ルイスは信仰や神について、詰問すべきことを持っていた。それらの問いに対して彼自身が出した答えは彼を満足させることができなかった。

彼は信仰を受容するための障害となっているものを除去するには、他の人々からの助けを必要としていた。そして、ルイスを助けた多くの護教家たちの連鎖は断ち切られてはならない。現代のキリスト者の多くの人々が、自分たちがキリスト者になる上で、ルイスが重要な助けになったと考えている。それならば、ルイスに助けられてキリスト者になった人々は今何をしているだろうか。彼らはルイスが彼らに対して行ったことを、他の人々に今も行っているだろうか。

ルイスは護教の務めが喫緊の課題であることについて、私たちに何の疑いも抱かせない。それはなされなければならない。そして巧みになされなければならない。「専門的」護教家が必要なことは論を待たないが、護教はすべての信徒の任務である。ルイスは困難な試行錯誤を重ねて護教の方法を学んだが、私たちが彼の経験から学ぶことを望んでいる。

しかし、私たちが昼食会で「護教論」について語り合おうとするときに、護教とは何のことかをまず考えなければならない。それは私たちが普段日常の会話で用いる言葉ではない。「護教論」という専門語は、その語源であるギリシア語の「アポロギア」の意味について考えると、その深い意味が分かってくる。アポロギアとは「弁護・弁明」のことである。裁判において、被告が自らの無罪を証明するために、論理的に弁証することである。あるいは主張や信仰の真理性を論証することである。新約聖書でもペトロの手紙一、第三章一五―一六節でこの言葉が使われている。これは聖書が護教論の重要性を古典的なかたちで述べた例だと多くの人々が考えている。

心の中でキリストを主としてあがめなさい。あなたがたの抱いている希望について説明（ロゴス〕を要求する人には、いつでも弁明〔アポロギア〕できるように備えていなさい。それも、穏やかに、敬意をもって、正しい良心で、弁明するようにしなさい。

護教論の三つの主要な課題は、私たちの信仰を弁明すること、勧めること、そして説明することである。

1　弁明すること　護教家は何が人々を信仰に進ませないのかを解明する。信仰の障害となっているものは誤解から生じたのか、あるいは福音が誤り伝えられたためなのか。そうであれば、それらは正されなければならない。他方で、それはキリスト教が主張する真理性の本当の難しさから生じたものか。そうであれば、説明が必要である。ルイス自身はかつて無神論者であった者として、何が人々を信仰に進むのを邪魔しているのかを非常によく理解していた。そして、これらの諸問題（彼自身が自分の問題として真剣に取り組んでいた諸問題）に対するよき応答をなすことができた。

2　信仰を勧めること　ここでは護教家は福音の真理性と有意味性とが、正しく理解されるように説明する。福音はこれらの聴き手のために有意味なものにされる必要はない。問題は、聴き手に福音が持つ有意味性を把握させることである。例えば、適切なたとえ話や比喩、物語などを用いて、彼らと福音とを結びつける。ルイスはこの方法を自由に使いこなせた。私たちはこの方法について、ルイスから学ぶことが多くある。

3　説明すること　ここでは護教家はキリスト教信仰の核をなす考え方やテーマの多くが人々にはあまり馴染みのないものであることを承認する。それらはより馴染みのあるイメージや、分かりやすいイメージ、用語や物語を用いて説明されなければならない。ルイスは自分の経験を通して、伝統的なキリスト教の用語や考え方が現代の文化に生きる人々には、理解することが難しいことを知り、キリスト教信仰を正確に、また効果的に伝える方法を編み出した。

私たちはルイスが「英国中で最も意気上らぬ、不承不承の回心者」(1)であったことの次第をすでに知った。キリスト教に改宗する人々は多いが、そのうちで護教家になる人々はほとんどいない。では、何がルイスのような改宗者を護教家にしたのか。彼は護教家として、どのような歩みをしたのか。私たちが私たちの信仰を弁護し、勧め、説明するために、ルイスから学ぶことは何か。ルイスと共に昼食の席につき、それを学ぼう。

ルイスはどのようにして護教家になったのか

一九三三年の夏に、ルイスは処女作『天路退行』を出版した。それは難解な著作である。原因の一部は、ルイスがまだ彼一流の流れるような文体を体得していなかったことにある。『天路退行』はルイスがどのようにしてキリスト教信仰にたどり着いたか、その途上でどのような障害に遭遇したかを説明する。しかしそれは本当の護教論の書物ではない。それはルイス自身が信仰を求めてさまよったことの説明であって、キリスト教信仰を弁明したり、勧めたりすることを目的としていない。ルイスは続いて『痛みの問題（*The Problem of Pain*）』を書いたが、苦しみや痛みに対してキリスト者がどのように反応するかについて書くことを求められなかったら、彼は護教家の衣鉢を継ごうとは考えなかったであろう。一九三二年にロンドンの小さな出版社の社主アシュレイ・サンプスンが、ルイスにサンプスンの編集していた選書のシリーズに一書を寄せてもらえないかと問い合わせてきた。サンプスンが編集していた「キリスト教の挑戦」シリーズは、教会の外にいる人々に、キリスト教とは何かについて、よりよく理解してもらうことを目的としていた。そのシリーズには、キリスト教の主なテーマに関して、主要なキリスト教思想家の声が集められていた。例えば、ジョン・ケネス・モズリーが一九三七年に出した『受肉の教理』はとくに評判がよかった。

サンプスンは、苦しみの問題に関して書くつもりはないかとルイスに問い合わせてきた。その書の主題と題名はすでに決定されていて、変更不可能だとされた[2]。ルイスは匿名で書かせてもらえないであろうかと返事をした。人間の苦しみの問題について論ずる資格はまだないと、ルイスは感じていたからである。しかし、ルイスは改宗して以来、信仰を持たない人々に対して、信仰の基本について説明する任務が自分に与えられていると明確に自覚していた。彼は招きを受けることにした。それはルイスが書いたキリスト教護教書の最初の著作となった。それは好評をもって迎えられ、さらに他の護教書を書くきっかけになった。

ルイスがこの書において人間の苦しみについて語ることは今も重要であり、一回の昼食会全体で取り上げる価値がある。しかし、今回の昼食会では、キリスト教に対してますます敵対的になりつつある文化的雰囲気の中で、キリスト教信仰を伝え、弁護するための方法をルイスが編み出したことについて語ってもらうことにする。彼はなぜあれほどに成功したのか。

この問いに対する一つの明らかな答えは、ルイスが雄弁家であったと同時に、巧みな著作家であったということである。よき著作家であっても、話が下手である場合もある。これは重要な点ではあるが、とくに私たちが護教家になるために役に立つことではない。ルイスは私たちによき著作家であると同時によき語り手であるよう励ますかもしれない。しかし、これら二つの技能は他人に伝授することができるものではない。それでも、ルイスは私たちが彼から学ぶ方法については、また私たちが語り、書く内容をどう選ぶかについては、助けることができる。そこでは、ルイスが護教論について扱う大きなテーマの一つ、つまり聴き手が日常用いている言葉を私たちも学び、用いることについて学ぶことが必要とされる。

文化特有の日常語に翻訳すること

ルイスはオックスフォード大学の教員であった。一九三〇年代後期には、ルイスはイングランドの最高の知性を持つ大学生たちに対して、どのような講義をすべきかについて、また研究者としての名声を確立するために、どのような論文を書き、著作を発表するべきであるかを心得ていた。彼は学生や研究者たちに自分の思想を巧みに伝えることができていた。しかし、その場合の彼の聴衆は非常に限られた集団であった。日常的に教会に通う普通の人々はどうなのか。教会の外にいる英国の一般の国民たちはどうなのか。一九四〇年代にルイスのラジオ講話を聴いた人々はどうなのか。ルイスはそれらの人々との日常的交際の機会を全く持っていなかった。ルイスが彼らに語りかけたとしても、全然理解されなかったに違いない。

しかし、全く予期しなかったことが起こった。第二次世界大戦が勃発したとき、英国教会の有力な聖職者たちは、英国軍兵士たちがキリスト教の教えに接する機会を持ち、激励を受ける機会がなければならないと考えた。ロンドンのセント・ポール大聖堂の主任牧師であったW・R・マシューズが、ルイスを英国空軍の基地に招き、キリスト教信仰について航空兵たちにルイスに語ってもらうことを提案した。それはルイスにとって難しい注文であった。彼は英国で最優秀の知性を持つ学生たちに教えることには慣れていた。航空兵たち、つまり一六歳で学校教育から離れた若者たち、学問的なことには一切かかわりたくないと思っている若者たちを相手にしなければならない。彼らにどう語りかければよいのか。そんなことをする意味があるのかどうか、ルイスは迷ったけれども、結局その招きを受けた。それは素晴らしい試みであった。それは彼を強要して彼の思想を「教育のない人々の言語」に翻訳する機会を与えた。

第一回の講演は一九四一年五月に、オックスフォード市のすぐ南にあるアビンドン市で行われた。それが終わったとき、ルイスは全くの失敗だと思った。しかし他の人々は誰もそう思わなかった。彼らはさらに次の講演を頼んできた。その後にもまた講演の依頼があった。物分かりが悪く、抽象的なことに耳を貸そうとしない航空兵たち、ずけずけとはっきり物を言う航空兵たちを相手にして、ルイスが質疑応答をしながら、自分のアカデミックな話し方が彼らには通じないことを理解し、何か別のやり方をしようと決意していったであろうことを、私たちは想像できる。ルイスがこの新しい聴衆に通じる話し方を身に着けるには、そんなに長い時間はかからなかった。

第二次世界大戦が終熄する頃に、ルイスはキリスト教について最も効果的に語ることのできる人物としての評判を確立していた。そしてキリスト教に関するラジオ講話シリーズに膨大な数の聴取者を惹き付けていた。ルイスはラジオ講話で大成功を収めただけでなく、著作の面でも大成功を収めていた。『天路退行』は鈍重で生硬な著作であった。しかし『悪魔の手紙』(一九四二)はルイスが学んだ新しい語り口、つまり快活で、魅力に溢れ、ウィットに満ちた文章を書くことのできる作家として、膨大な数の読者を得ることになった。

ではルイスはどんな教訓を得たのであろうか。そして私たちは彼の成功から何を学べるのであろうか。幸いにして、ルイスはまさにこの問題について、一九四五年にウェールズで、牧師たちや若い指導者たちを相手に講演を行い、彼が苦労して学ばなければならなかった洞察や知恵の一部を披露した。ルイスは今回の私たちの昼食会で、二つの点を明確にしてくれるだろう。

第一に、ルイスは普通の人々がどのように話すのかを発見せよと私たちに強く求めるであろう。「私たちは私たちの聴衆のことばを学ばなければならない[3]」。どのようにして私たちは彼らのように話すことができるのか。「あなたがたはそれを自分で経験して発見するほかかない」。

ルイスは、私たちが話す前に聴くことを求める。私たちは人々がどのようなことばを使うのか、どのようなアイデアを使うのが効果的なのか、どのような比喩や物語が彼らを惹き付けるのかなどのことを、学ばなければならない。その上で、それらを編み合わせて私たちの言いたいことを表現する必要がある。

第二に、私たちの聴衆が用いることばを学んだ上で、私たちが言いたいことを、そのことばに翻訳しなければならない。ルイスの言い方によれば、「キリスト教の神学の細部にわたって、すべてのことを人々の日常語に翻訳[4]」する必要がある。それはやさしいことではないとルイスは認める。しかしそれは基本的に必要なことである。それにより、私たちは聴衆のこころをつかむことができるし、また私たち自身が自分自身のアイデアを理解することができる。もし私たちが自分の思想を普通のことばに翻訳できないとすれば、私たちの思想はめちゃくちゃなのだと、冗談気味に言う。「翻訳する力は、私たちが自分の言いたいことを自分で本当に理解しているかどうかを試す試金石である」。

では、ルイスはどのような種類の翻訳のことを考えているのであろうか。第一に、私たちが専門用語を用いるときに、それがどういう意味であるかを説明するよう、ルイスは求める。私たちは、例えば「受肉」とか「贖罪」とか言う時、それらの専門用語が何を意味するのか、人々が理解できるように、普通のことばで説明しなければならない。しかし第二に、ルイスはこれらの専門用語を他の文学ジャンルを用いて説明するように提案する。それには受肉の教理の意味を説明するために、物語を用いるのがよいと言う。それはルイス自身が『ライオンと魔女』において、巧みに行ったことである。事実、多くのルイス研究者は、ルイスが『キリスト教の精髄』において、キリスト教を理性に訴える仕方で提示したように、『ライオンと魔女』においては想像力に訴える仕方で提示しているのだと分析する。ルイスが『ライオンと魔女』を書いたことには、それ以上のことがあるが、ルイス研究者たちの主張にも、ルイスが何を考えていたかを理解することを助けてくれる。

ルイス自身、想像力に訴える能力において、抜群の力を持っていた。第二次世界大戦中に行われた有名なラジオ講話は多数の気の利いたたとえ話や比喩によって、彼が言いたいことを明らかにしていた。オックスフォード大学の大講義室は一つの伝達方法を要求していた。ルイスはすでにそれを自家薬籠中の物としていた。国民大衆に語りかけるには、別の技量が要求された。ルイスはそれをも自家薬籠中の物とした。彼はバイリンガルになり、二言語を自由に使いこなすことができるようになった。つまり、ある種の聴衆に対して語りかける言語と、それとは異なる聴衆に対して語りかける言語とを使い分けることができた。

『キリスト教の精髄』について考える

最近の調査によれば、一九五二年に出版されたルイスの『キリスト教の精髄』は二〇世紀に出版されたキリスト教書の中で、最も強い影響力を持つ書、最も尊重された書のひとつであるという。この書はある人々を信仰に導き入れるために、また他の人々の信仰を保たせるために、絶大な影響力を持った。この書はルイスが第二次世界大戦中にＢＢＣ放送のために行った四回のシリーズからなるラジオ講話の原稿を編集したものである。これらの講話自身が非常な好評を得たが、書物となったことによって、新しい聴衆（読者）を得た。そこで、この古典的著作に注目し、そこから私たちが何を学べるかを明らかにしよう。

ルイスは、これらの講話の準備をするにあたり、「自分の講話を聴く人々の言語を学ぶ」ためにかなりの苦労をした。これらの講話は学者・研究者に対してなされる学術的講義ではなかった。講話は聴取者たちが関心も持たない事柄について、彼らが理解できないことばを用いてなされる講演ではなかった。ルイスは明晰なことばを用い、確信をもって語りかけた。単純に言えば、ルイスはラジオ講話の時もそうであったが、それをもとにする『キリスト教の精髄』においても、聴衆・読者と一体になっていた。『キリスト教の精髄』の一つひとつの章は簡潔で、独立している。それはもとのラジオ講話の場合と同じである。

それにもかかわらず、ルイスが『キリスト教の精髄』で論じることは、信仰についての雑談を集めたものではない。オックスフォード大学におけるルイスの同僚であったオースティン・ファーラーはそのことを明敏に洞察し、ルイスは私たちを「まともな議論を聴いている」という気分にさせると言った。ただし、実際には「我々は一つのヴィジョンを提示されているだけであって、そのヴィジョンが説得力を持つものであるに過ぎない」(5)のだと言う。そのヴィジョンは、真、善、美に対する人間の憧れに訴える。ルイスが成し遂げたことは、私たちが観察し、経験することが、私たちの神観念に「なじみ、同化する（fit in）」ことを可能にしたことである。

第一回の昼食会で話し合ったように、キリスト教はルイスにとって「大きな見取り図（big picture）」であり、私たちの経験することや観察することのすべてを、納得せざるを得ない一つの秩序にまとめるものである。『キリスト教の精髄』の第一部は「宇宙の意味を解明する手がかりとしての正と不正」と題されている。ここで「手がかり（clue）」ということばは注意深く選ばれていることに注意しなければならない。ルイスが注目しているのは、世界にはそのような手がかりが満ち満ちていることである。それらを、個々に取り上げても何事も証明しないが、すべてを総合してみると、それらは神を信頼すべき理由となる。それらの手がかりは宇宙の壮大な秩序を織りなす縦糸と横糸である。

『キリスト教の精髄』は、二人の人物が何かの問題について議論をたたかわせている場面を想定して始まる。読者はどちらの主張がただしく、どちらが間違っているかを判断するには、議論し合っている二人の人物が共通に持っているはずの、権威ある判断基準、彼らが共に受け入れるべきものであると考えている判断基準が何であるかを知らなければならないとルイスは言う。ルイスは、私たちが最終的決定をするために受け入れるべき客観的判断基準が実際にあること、そしてそれを誰もが受け入れるべきものであると主張する。それは「われわれが発明したのではない本当の規則であり、我々が従わねばならない規則である[6]」と言う。

誰でもこの規則を知っているにもかかわらず、すべての人がそれに従わないでいる。そこでルイスは提案する。「われわれが自己自身と、われわれが住んでいる宇宙とについて透徹した思考を展開するための、唯一の土台」は、私たちが持つ道徳律についての知識によるのであり、私たちがその道徳律を破っているという自覚に基づくものだと言う[7]。この自覚は、「この宇宙を支配している『何か』があり、その『何か』は私の内に法として現れ、正義を行うことを要求し、悪を行った時には責任を感じさせ、心に疚しさを感じさせる」という[8]。この感覚は宇宙に秩序を与え、宇宙を統治している精神を指しているのだとルイスは言う。それはまさにキリスト教の神観念に沿う考え方である。

ルイスの主張の第二の論点は、憧れの経験に関するものである。それは、一九四一年にオックスフォード大学で行った説教「栄光の重み」で詳しく展開したものである。ルイスはこの問題をラジオ講話のために作り直し、より分かりやすいものにした。彼の主張は次のように要約できる。私たちは皆、何かに憧れる。しかし、その憧れが実現したとき、あるいは成就したときには、私たちの希望は砕かれ、希望はくじかれる。では、すべての人に共通するこの経験はどう解釈されるのだろうか。ルイスによれば、これら、この世的憧れの対象は、私たちの真の故郷の「コピーあるいはこだま、あるいは蜃気楼の一種に過ぎない」のだと言う(9)。ルイスは「欲望に基づく神存在の証明」を提起する。それによれば、すべての自然的欲望はそれに対応する対象があり、欲望が実現するのは、この対象が確保されたとき、あるいは経験されたときのみであると言う。超越的成就を求める自然的欲望は現世に存在する何ものによっても成就されない、そこから、この欲望は現世を超えた世界、現在の世界にある現在の秩序が指し示している世界において成就されるのだと暗示される。

ルイスによれば、キリスト教信仰はこの憧れを人間性に備わる真の目的をつかむ手がかりであると解釈する。神は人間の魂の究極的目標であり、人間的幸福と歓びの唯一の源であるという。肉体的飢餓感が人間の真のニーズを指し示し、それが食べ物によって満たされるのと同じように、精神的飢餓感も人間の真のニーズに相応するもので、それは神のみによって満たされる。「もし私のうちに、この世における経験によって満足させることのできない欲望があることを知るなら、それに対する最も納得のいく説明は、私がもう一つの世界のために創造されたのだということである」。ほとんどの人は自分たちのうちに深い憧れの感覚があり、それが過ぎ去るものや被造物によっては満足されない憧れであることに気が付いている、とルイスは言う。以上のように、正義と悪と同じように、憧れの感覚も、宇宙の意味を知るための手がかりである。

ルイスは道徳性および欲望に基づく神の存在証明で、私たちが観察し、経験することをジグソーパズルの片々をうまくはめ合わせるように、キリスト教がうまくはめ合わせる能力をもつことに訴える。それがルイスの護教論の方法論の本質的部分である。まさにルイス自身がその論法が説得力を持つこと、世界の意味を見出すための有効な道具であることを発見した。キリスト教信仰は、私たちが自分たちの周囲に観察すること、私たちのうちに経験することを、存在全体の中に位置付ける地図を提供する。その上、この方法は最も簡潔に、戦時中にルイスがオックスフォード大学のソクラテス・クラブで行った説教で言い表されていた。それによれば、「わたしは太陽が昇ったことを、それが見えるだけでなく、それによって、もろもろのものが見えるがゆえに信じるように、わたしはキリスト教を信じるのです[10]」。

ルイスにとって、キリスト教的なヴィジョンが提供する「意味形成」は、世界が目に見えるかたちで現れる姿と理論との間にある共鳴を聴き取ることに関連する。ルイスが出版した著作において、音楽に関連する比喩を用いることは驚くほど少ないが、彼の方法は、信徒が宇宙に響く和音を聞き取ること、そしてキリスト教的ヴィジョンが、世界を「審美的」に「はめ合わせる」ことを助けるものであると言うことができるであろう。もちろん、細部においては論理的に整合しない部分が残るかもしれないが。

では、『キリスト教の精髄』でルイスが主張したことは、現在でも有効なのであろうか。それが時代遅れのものになったと言う人々がいるのも確かである。とくに、ルイスが彼の生きた時代の道徳価値を当然のものとして前提しているからでもある。そうではあっても、彼の論法は現在でも素晴らしい効果を発揮する。それは人生のより深い意味についての問いを取り上げ、多くの人々（もちろん、すべての人に対してではないが）に語りかけ続けているからである。ルイスの「道徳に基づく神の存在証明」も「欲望に基づく神の存在証明」にしても、私たちが生きている時代のイメージを用いて、別の言い方を与えることを必要としているに違いないが、ルイスの論法は現代人のこころに深く語りかけている。ルイスは多くの読者に対して、魅力を感じさせ、興味を覚えさせ、もっと深く知りたいという思いにさせる。

私たちがルイスから学ぶべき教訓の一つは、最善の護教論とは、人々にキリスト教が真理であってほしいと思わせるものであるということである。キリスト教が想像力を刺激し、それによって世界の意味を悟らせ、人生に安定と、安全と、意味をもたらすものであることを示すことである。そして護教論の最終段階は、人々にキリスト教が事実であることを示すことである。

護教論と理性

すでに見たように、ルイスはオックスフォード大学の学部生であった頃、無神論者であった。しかしルイスは無神論から離れ、まず有神論に移り、そこからキリスト教に行き着いた。それは一面では、無神論の世界、神なき世界に想像力が欠如していることについて、彼が幻滅感を募らせていたことを反映している。同時に、彼は、自分が立場としていた「饒舌で浅薄な理性主義」が知的にも説得力を欠き、実存的にも満足をもたらすものではないことを理解した。

ルイスはキリスト教が理性に適ったものであると信じた。同時にまた、理性だけではキリスト教信仰の豊かさを完全に理解することはできないと信じた。一九二六年、無神論から離れつつあった頃、ルイスはある友人に宛てた手紙で、理性は「世界の豊かさや精神性を理解するには全く不十分である」と確信したと書いた。[11] 本当に重要な問題は理性が把握することのできる世界の外にある。ただし、その問題を理解した暁には、現実が優れて理性に適ったものであることが判明する。ルイスはここで自家撞着に陥っているのであろうか。絶対にそうではない。ルイスが言おうとしていることは、人生の意味の問題について、私たちが自身の力で解決しようとしても、それには多くの限界があるということである。彼は正しい。なぜかを私に説明させてほしい。

私が若かったころ、私は天文学に深い関心を持っていた。私は小さな天体望遠鏡を持っていて、木星の惑星を観察したり、多くの惑星が恒星を背景として動く様子を観察したりするのを楽しんでいた。ある時、私は火星の動きを数週間にわたって追跡した。私は自分が観察したことの意味を捉えかねていた。火星は幾夜かにわたって東に流れたかと思うと、停止し、その後、西に動き始めた。火星はしばらくしてまた東へ動き始めた。[12] 私は鼻をつままれたような気がした。

それが何のことか、私は全く分からなかったので、理科の先生に説明をしてもらうことにした。彼は何枚かの図を描き、地球と火星の相対的運動について説明してくれた。それによれば、地球は火星よりも短時間で太陽の周りを公転しているということだった。五分くらい説明してもらったときに、宇宙で何が起こっているのかを私は理解することができた。そしてすべての疑問が解けた。しかし、私は誰かほかの人に教えてもらわなければならなかった。理科の先生は、私が観察したことを理解するための枠組みを教えてくれたに過ぎない。しかし、それを教えられて、すべてのことが分かった。そのことを私だけでは理解することができなかったが、私より賢い人が説明してくれた結果、私は観察したことを明確に理解することができた。

それこそが、ルイスが主張しようとしていることである。キリスト教は、私たちが自分では知ることのできない「大きな見取り図（big picture）」を与える。しかし、一旦その説明を聴けば、それにより世界がどれほど広く意味あることであるかを分からせてくれる。ルイスが、信仰は「理性を超えるもの」であると同時に「理性に適ったことである」と主張するとき、彼は、世界が真実にどうであるかを教えられるだけでなく、具体的に示されなければならないのだということを主張している。しかし私たちが一旦そのようなものの見方を教えられると、その見方により、いかに深く世界の意味を知るようになるかを発見する。

ルイスは一九四〇年代から一九五〇年代初めにかけて、理性に訴える護教論の方法を開発していた。『奇跡について』も『キリスト教の精髄』もキリスト教は、それ以外の諸々の宗教や世俗的哲学などよりも、世界の意味をより的確に説明するのだと主張している。

ルイスはキリスト教信仰の基本的信条の真理性を理性が「証明」することはできないと、明確に理解していた。それでもしかし、キリスト教が正しい方向を指し示すことができると考えていた。とくに『キリスト教の精髄』において、ルイスが問題にしたことは、神について、「聖書や諸々の教会の助け」によらず、「自分の力で」解明できることは何かということであった。[13] ルイスはキリスト教の合理性を、キリスト教的な資料だけに頼らずに、一般的な方法で論証することができないかと考えていた。彼は人々が一般的に経験すること、および人々が世界について考えることに頼ろうとした。ルイスが用いた方法は、人生の経験についての知的な省察が、神が存在することを強く暗示すること（ただし、証明はしないこと）を示すことであった。

信仰の合理性を論証することとは、キリスト教が掲げるすべての信条の合理性を証明することではない。むしろ、それらの信条が信ずべきものであり、信頼すべきものであること、よき根拠があることを明らかにすることであった。ルイスにとって、キリスト教信仰は私たちが観察し、経験することの意味を明らかにするものであった。ただし、そこで言われる意味の真理性について、反駁不可能かつ修正不可能な論理的証明を与えるものではないと考えた。

では、ルイスはそのことが何ゆえに重要であると考えるのであろうか。ルイスは信仰に至る道にあるすべての障害を除去したいと願っている。その一つは、信仰が不合理なものであるとする考え方である。この問題は、ルイスの若いころに大問題であったし、今日でもそれは誰にとっても同じである。西暦二〇〇〇年代に入り、一時期、「新無神論」なる運動が急に有名になった。この戦闘的無神論は、宗教信仰は非合理的であり、危険なものであると主張した。神を信ずることは現実からの逃避であり、人々の精神をゆがめて、彼らに悪事を行わせる有毒な妄想に染まらせることであると主張する。それに対し、神信仰の合理性は、私的人生においても、公的生活においても述べ伝えられ、弁護されるべきものであるとルイスは主張する。それは正論である。

ルイスの主張は正当である。キリスト者は、彼らの信仰が世界を意味あるものとして見ることを許すと、キリスト者同士で語り合うだけではいけない。彼らは同じ社会に生きる一般の人々にもそのメッセージを伝えなければならない。つまり、ルイスにとって、護教論が目指すことは、「キリスト教にとって有利な知的（そして想像力的）風潮[14]」を創り上げ、維持することである。それに成功しなければ、私たちの信仰は一般の社会人が信じることのできるものではなくなる。

社会の知的風潮がキリスト教にとって有利なものであれば、ある人が人生の危機に遭遇し、キリストを受け入れるべきか、拒絶するべきかの決断に迫られたとき、彼の理性と想像力が正しい状態にありさえすれば、彼は有望な条件のもとで危機とたたかうことができる[15]。

これとほとんど同じことが、ルイスの親しい友人で、オックスフォード大学の神学者で新約聖書学者であったオースティン・ファーラーによって、より明確にされている。ファーラーは、ルイスが護教家としてなぜあれほどに成功したのかについて論ずる文章において、信仰の合理性を論証することが、信仰が時代の文化に受け入れられることにとって不可欠のことであると述べている。

議論は確信を産み出すことは出来ないが、議論がなされないと信条は破壊される。証明されたように見えることが、人びとの心に受け入れられることはないかもしれない。しかし、信条を弁護する力を誰も持たないことが明らかになった場合、それはただちに放棄される。理性的議論が信条を産み出すことはないが、議論をすることは、信条が広く受け容れられる知的風潮を維持することになる[16]。

ルイスはキリスト教護教論の視野を拡大する。彼は私たちがキリスト教を「饒舌で浅薄」な理性主義に閉じ込めることなく、私たちがキリスト教を肯定することを可能にする。ルイス自身がかつて無神論者であった頃に、「饒舌で浅薄」な理性主義に染まっていた。そしてそのことを熟知していた。ルイスは豊かな真理概念を用いて、理性と想像力とを組み合わせ、私たちがどのようにして世界を適正に見るようになることを可能にし、それによって現実世界に内在する首尾一貫性を把握することを可能にした。真、美、善のすべてがルイスの護教論に取り入れられている。そのような「想像力豊かな護教論」は私たちに信仰の合理性を確認することを可能にしてくれる。それと同時に、彼の護教論は想像力を虜にする力を発揮する。キリスト教諸教会の説教、証言、礼拝が現実世界の豊かさをしっかりと言い表し、また人々を導いて、信仰の素晴らしさを感得させ、彼らが信仰の風景に向かって「さらに高く、さらに深く」進むことを確実にすることが必要である。

想像力と護教論

ルイスは一九四六年に、スコットランドのセント・アンドルーズ大学から名誉神学博士号を授与された。これはルイスが与えられた五つの名誉博士号の最初のものである。ドナルド・M・ベイリー教授は、名誉博士号授与式において神学部を代表して、名誉博士号をルイスに授与し、表彰する理由を次のように述べた。ルイスは「専門的神学者に耳を貸そうとしない多くの人々の関心を惹き付けることに成功し」、またその上で「神学的省察と詩的想像力との間に新しい種類の結婚を成立させた[17]」のだとベイリー教授は宣言した。

ベイリー教授はルイスの重要性を正確に評価している。私たちは先に、ルイスが高い評判を得た宗教書をものして、膨大な数の読者を獲得したことを見た。しかし、「神学的省察と詩的想像力の間の新しい種類の結婚」とベイリー教授が言うのは何のことであろうか。そしてそれはいかなる意味で護教論に対して妥当性を持つのか。

私たちはすでにルイスのナルニア国歴史物語が想像力に訴えていることを見た。何回か前の昼食会で、ルイスがフロイトの主張、つまり神とは単に願望充足に過ぎないという主張をくつがえしたのを見た（八九―九五頁参照）。ルイスが展開する太陽とランプの話は論理的主張ではなく、世界を見る新しい見方を説くものである。ルイスは、太陽が単に想像上のランプよりも大きく、よりよいものであるとする議論が気の利いたものに聞こえるだけのことではないことを私たちに理解する筋道を与える。それは単に気の利いた言い方ではなく、明らかに間違った考え方である。それに関連して、アスランが単に想像上の大きな猫、はるかによい猫であるという議論はどうなるのか。あるいは、神とは単に想像上のより大きく、よりよい父親であるということになるのか。ルイスはこれらの問題を私たちが自分で答えを見つけるようにさせる。しかし、ルイスの方法が、私たちをどの方向に導くかは明らかである。

先に触れた問題に戻ると、ルイスは理性と想像力とは協力関係にあり、対立関係にはないと考える。ルイスが護教論において非常に多くの比喩を用いる理由の一つがそこにある。ルイスは私たちが観察し、経験することのあるものが、キリスト教的な世界の見方に合致することを、私たちが気付いてほしいと願っている。それは帽子やシャツを試着して、サイズを確かめ、鏡に映る自分を見つめて、似合っているかどうかを試すことに似ているのだと言う。私たちが観察して得る世界像のいくつかが、理論に納まるのであろうか、そして、どれだけ説得力をもって納まるであろうか。基本的に、それは私たちの願望経験が、どれだけキリスト教的枠組みの中に納まるかどうかを試すことである。

ルイスの「願望に基づく神の存在証明」を検討してみよう。ルイスの基本的主張は、私たちが経験する願望の中に、この世の経験によっては満足させられない願望があるということである。そして、そのような願望をキリスト教信仰のレンズを通して観察するとき、その種の願望はキリスト教が真理でなければ、もともと願望しなかったものであることを悟ることになる。キリスト教は、この世が私たちの真の故郷ではないこと、私たちは天国に生きるために創造されたことを教える。キリスト教は私たちの願望を見つめるための明晰な方法を提供するのだとルイスは主張する。「もし私が、私のうちに、この世の経験によって満足されない願望を持つことを知る時、そのことに対する最も納得のいく説明は、私がこの世とは違う別の世界のために創造されたということである」。ルイスは彼の聴衆に対して、彼らが自分の経験を、キリスト教的眼鏡をかけて観察するように招く。そうすることにより、それまでぼやけて見えていたこと、ぼんやりとかすんでいたことに、鋭く焦点が合わされ、はっきり見えるようになるだろうと言う。

ルイスの「道徳に基づく神の存在証明」をも検討してみよう。これは滑稽なほどに単純すぎると論評されることが多い。例えば、「道徳的義務の感覚を経験することは神の存在を証明する」などと言われる。ルイスはそのようなことを言ったことも考えたこともない。「願望に基づく神の存在証明」と同じように、彼の主張は、道徳的義務の感覚というすべての人間に共通する経験は、キリスト教的考え方の枠組みの中に容易に組み入れることが可能であるということである。キリスト教的レンズは世界で起こっていることに焦点を当てる。それは現実の風景に照明を当て、神、願望、そして道徳性が、大きな全体性の中にどう位置付けられているのかを私たちが見ることができるようにする。

ルイスは護教論が演繹的議論の形式をとる必要のないことを理解させてくれる。護教論は現実世界をキリスト教的な見方で観察し、その時に世界全体がどのように見えるのかを確かめるよう、人々に勧めることができるという。ルイスの方法は「現実世界をこのように見たらどうか」と人々を招くことであるという。もし世界観あるいはメタナラティブがレンズに譬えられるならば、どの世界観ないしメタナラティブが、現実世界に最も鋭い焦点を当てることができるかを試してほしいとの誘いである。これは理性の領域から非理性的な領域に退却することではない。それはむしろ現実世界のより深いところにある秩序を把握しようとすることである。それは理性によってよりも想像力によってより容易に把握できることだからである。しかし、そのキリスト教的見方によって観察されたことの本質的合理性は理性によって深く理解される。

さらに、ルイスは、明確に理性に訴えるときにも、同時に暗黙のうちに想像力にも訴えている。このことは、ルイスの方法が、過去に提唱されたものであるにもかかわらず、今もまだ新鮮で評判が高いことを説明していると思われる。それは近代主義にも、ポスト近代主義にも訴えている。ルイスの想像力的理性は、近代主義とポスト近代主義の間にある深い淵に橋を架け、理性と想像力とはより大きな全体の部分であるゆえに、両者の主張を補強するのだということを強調する。

今回の昼食会が終わる時になったけれども、ルイスは私たちが互いに別れを告げる前に、最後に一言、私たちに助言を述べたいようである。一九四〇年代後半にルイスが書いたものには、護教論を論じることは疲れること、エネルギーを消耗することであるとしばしば語られている。ルイスはそれを一九四五年に行った講演、「キリスト教護教論」において、はっきり述べている。そこには、「護教家の仕事ほどに護教家自身の信仰にとって危険なものはない」とある。なぜか。それはキリスト教信仰には不合理なこと、あるいは首尾一貫しないことがあるからではない。それは、護教論が、信条を弁護することであるが、それにより信条とは「幽霊のようなもの」、あるいは「非現実的なもの」であるとする可能性があるからである。[18] ルイスがその後、例えば『四つの愛』（一九六〇）のように、信仰の豊かさを論じる著作に集中するようになったのは、おそらくそのためだと思われる。ルイスは、護教家は周囲の人々により助けられる必要があると私たちに忠告する。護教家は精神的に消耗するからである。

このことは、今後の昼食会で取り上げられるべきことかもしれない。ルイスは護教家としての地位を『痛みの問題』によって確立した。私たちは人間的苦しみをどう理解すべきかについて、ルイスから何を学べるであろうか。その問題は今後の昼食会で取り上げよう。もう一つ、その前に取り上げるべきテーマがある。ルイスは文化と信仰にとって、知識に深く沈潜することの重要さを理解した専門的教育者であった。私たちの次回の昼食会では、教育の重要性について、ルイスに語ってもらうことにする。

6　学問・知識を愛すること

教育についてC・S・ルイスが考えたこと

感受性のあまり鋭くない生徒、その弱さを守ってやらねばならぬ生徒が一人いるのに対して、冷たい卑俗さのうちに惰眠を貪る生徒が三人いる。現代の教育者の課題は、密林を切り拓くことではなく、砂漠を灌漑することである。

C・S・ルイス『人間の廃棄』

ルイスの著作の中で『人間の廃棄（*The Abolition of Man*）』（一九四三）は最も激しい警醒の書である。それは第二次世界大戦の最中に書かれた。この書のルイスは怒りに猛り狂っている。むき出しの激しい怒りが全編に溢れている。ルイスの激しい怒りを惹き起こした問題は、少々単調に見える副題、「上級学年に対する英語教育についての省察」が付いた高校教科書にある。

ルイスにとってその書に盛られた教育観がなぜそれほどに苛だたしい問題なのか。ルイスはその退屈な教科書に対して、なぜそれほどに激しい怒りを爆発させるのか。その書の副題は、いかなる著作の副題の中でも最も退屈なものであるという賞を与えられてもおかしくない。ルイスはそれに対する答えは単純であると言うであろう。「私たちが信ずること（あるいは信ずるように教えられたこと）は私たちの価値観および行為に対して、重大な影響を持つからである」。ルイスはこのことに深い関心を持っていた。人間が善と悪について持つ最も深い本能を押し殺し、無味乾燥な相対主義的道徳への道を開くような教育理解に対する不満を、彼は昼食のテーブルを拳で叩いて表明したであろう。

ルイスは『人間の廃棄』において、「心のない人間（Men without Chests）」を作ろうとする教育と彼が考える教育方法に対して嘲笑を浴びせる。「心のない人間」とは現実から完全に遊離し、善を心の奥底に受け入れることができないだけでなく、悪を見極めてそれを退けることもできない人間である。そのような人間は善と悪とをしっかりわきまえていないのだから、ナチズムの悪にどのように抵抗することができるのか。

ルイスは第二次世界大戦中、ナチズムと戦っていた。しかし、もし私たちが世界大戦やナチズムに遭遇していたとしても、そこで本能的に最初に考えることは恐らく教育の目的について議論することではないであろう。ルイスは教育の究極の重要性は私たちの人生および価値観を養うことだと理解していた。「教育の目的は何か」という問いは、象牙の塔の奥に漫然と安住する怠惰な人間の考える問題であると私たちは考えるかもしれない。しかしルイスはその問題こそが、私たちの人生および整然と機能する社会の土台であると断言する。

『人間の廃棄』は出版当時も預言者的書物として注目されたが、今日も共鳴者を持つ。教育は「道具主義」的役割しか持たないとする意見を彼は退ける。つまり教育とは生徒たちにいくつかの知的技能（スキル）を修得させるだけのものではないのだと言う。ルイスはまた客観的道徳価値を否定する浅薄な教育理解の欠陥を批判する。伝統的な価値を否定し、それに代わって時代の流行に乗る価値を手当たり次第に無批判に取り入れる人々を彼は嘲笑する。「価値に対して彼らが持つ懐疑は表面的なものである。それは他人が持つ価値観に向けられているが、自分たちが持つ価値観に対しては少しも懐疑的ではない[1]」。そしてこの浅薄なやり方は過去の知恵を無視し、明日にはすたれるような気まぐれを決定的で永遠に続くことと誤解して、それに焦点を当てる。ルイスは有徳で信頼できる指導者に憧れるが、現代の教育は相対主義的道徳を標榜することにより、それらの徳性の基盤を切り崩していると考える。私たちは「自分たちが実現不可能にしている徳性を口うるさく要求する[2]」。

ルイスが批判する教育理解が間違っているとしたら、教育とは何のためになされるのだとルイスは言うのだろうか。私たちはルイスの意見を無視し、教育に関する議論をすべて専門家が暇つぶしに行うこととして放念することもできる。しかしルイスは教育問題が焦眉の問題であると言う。なぜなら教育はとくに学校教育の問題（私たちや私たちの子どもたちが学校に通うこと）であるのではなく、国民全体が人生について持つ考え方に末長く影響を与える事柄であることを理解すべきであると断言する。それは効用と徳性の違いにかかわる問題である。国の教育政策を立案する人々は教育を機能の問題としてしか考えない。彼らは教育とは生徒たちが仕事にありつくための技能（スキル、例えば現代であればワードやエクセルの使い方）を身に着けさせることであるとしか考えない。しかし、人々に人生の意味は何かを見出すことを助けることはどうなのか。またよき社会人になることを助けることはどうなのか。自分が生きていることが他の人々にとってどんな意味を持つのかを理解させることはどうなのか。教育とは、人生のある時期だけのことなのか、仕事にありついた瞬間に終わることなのか、あるいは、教育とは人が生きている限り営まれるべきことなのか。

ルイスの教育論は伝統的な古典的考え方に立っている。これまでそれは論駁されたことはないが、無視されてきた。その教育観は、善を愛し、悪を憎むことを人々に教えることを主眼としている。それは人々を人生のすべての局面において、よき社会人、賢明な社会人にすることを目的としていて、単に知識や技能を覚えさせることを目的としていない。ルイスは現代の流行にかぶれた教育思想の傾向を批判する預言者であった。私たちはルイスの声を注意深く聴きとらなければならない。

ただし『人間の廃棄』についての細かい議論から始めるのではなく、ルイスの教育観全体を鳥瞰し、それから何を学べるのかを考えたい。そこで、その問題をめぐって昼食会を持っていると想像しよう。ルイスは私たちの会話を、教育の目的と価値に関する議論に集中させるよう、私たちを導いてくれる。どこから始めればよいだろうか。その問題に切り込むためには、ルイス自身がどのような経緯で教育界に足を踏み入れたのかを語ってもらうのが手っ取り早いことだと思う。

教育者としてのルイスのキャリア

研究者としてのルイスのキャリアはイングランドの最大にして最古の大学、オックスフォード大学とケンブリッジ大学で始まった。ルイスが一九一六年にどうしてオックスフォード大学で西洋古典学を学ぼうと決意したのかについては、私たちは何も知らない。私たちが確実に知っていることは、ルイスが学問・学識の重要性を絶対的に確信していたことである。そして、その確信が生涯を通して熟し、深まっていったことである。私たちは作家としてのルイスをよく知っているが、彼はもともとオックスフォード大学とケンブリッジ大学で英語・英文学を教える専門家として招聘されたことを記憶しなければならない。

オックスフォード大学にしてもケンブリッジ大学にしても、中世に創立された大学のほとんどすべての大学は「団体組織（Collegiate）」として始まった。それらは自治的な諸学部（Colleges）の連合組織であり、すべての学部を統率する中央集権的行政管理組織を持つものであった。オックスフォード大学の学生と教員たちは、どれかの学部（学寮、College）に所属していなければならない。学部が彼らの活動の基盤である。オックスフォード大学の学寮は学生や教員が単に「居留・居住」する場所ではなく、特別研究員と学生たちからなる独立した自治体である。ルイスは生涯に、三つの学寮に所属した。オックスフォード大学のユニヴァーシティ学寮、オックスフォード大学のモードリン学寮、そしてケンブリッジ大学のモードリン学寮である。

ルイスの研究者としてのキャリアはオックスフォード大学ユニヴァーシティ学寮で始まった。彼はそこで哲学、語学、西洋古典世界の歴史を学んだ。さらに英語および英文学の学士号を取得した。それは三年課程の学位であったが、一年で修了した。ルイスが飛びぬけて優れた学生であったことは確かである。ルイスは一九二三年までに、オックスフォード大学の学部卒業生として、最優秀賞を三回獲得するという偉業を成し遂げた。つまり、彼はオックスフォード大学で受けたすべての試験で、最優秀賞を得たことになる。初めルイスは哲学者になろうと思った。哲学に通じていることが明らかであったので、ユニヴァーシティ学寮の哲学特別研究員がサバティカル休暇をとって米国に留学している間、哲学講師として雇われた。しかし、最終的には文学者となった。一九二五年にオックスフォード大学モードリン学寮の英語担当の特別研究員となった。モードリン学寮はオックスフォード大学で最も古い学寮であり、最も豊かな基金を持ち、最も格式の高い学寮の一つである。

ルイスは西洋古典学を学んだ後、中世およびルネサンス期の文学を専門に学んだ。彼の最初の本格的著作は、その分野における研究者としての地位を確実にするものであった。『愛とアレゴリー（*The Allegory of Love*）』（一九三六）は中世文学研究者たちにより優れた書として認められ、英国学士院は一九三七年に栄えあるイズリアル・ゴランツ卿賞を彼に与えた。その後もルイスのペンから多くの学術書が生み出された。

ペンから？　その通り。ルイスはタイプライターを使ったことがない。ルイスは生まれつき親指の関節に障害があり、タイプライターを使えなかった。彼のすべての著作は手書きによって著された。もちろん彼の手書き原稿を他の人がタイプで打ったこともある。ルイスはいわゆる「漬けペン（dip-pen）」を用いた。ペン先をクインク（速乾インク）の壺に浸し、ペン先にインクがなくなるまで書いた（たいてい十語ほど書くとインクはなくなった）。

しかし、手書きをする理由は別にもう一つあった。ルイスはタイプライターのカタカタと言う音が彼の思考のリズム感を狂わせると感じた。彼は文章を音読するときにどのように響くかを大事にした。文章を音読したときに、どのように響くのかにこだわったことは、ルイスが講演者として、また放送講話者として成功したことの理由であろう。

教師としてのルイスの才能はオックスフォード大学における講義や個人指導において最高度に発揮されたと多くの人々が考える。ルイスは短期間にオックスフォード大学で最も洗練された講義を行う者の一人であるとの名声を得た。なぜであろうか。彼の驚くべき成功の原因として三つのことが挙げられる。第一に、ルイスはよい語り手であった。彼の豊かでよく響く声（彼の学生の一人は、「ポートワインとプラム・プディングのような声」と形容した）は、非常に聴きやすい声であった。そのことに関してルイスは高得点を取ったが、他の教員の中には、はるかに低い評価しか得ない者もいた。J・R・R・トールキンの声は弱々しく、彼の講義を聴いた人々は興味をそそられなかった。トールキンは雄弁家ではなかったが、名文家として成功することができたのは幸いなことであった。

　第二に、ルイスは普通、講義ノートを見ずに語った。講義ノートに目をやることもあったが、それは非常に限られた場合、例えば、引用する文章のリストや、箇条書きにされた話の要点を確かめるときなどであった。ルイスは古典文学であれ、自分の講義ノートであれ、長い文章を暗唱する能力に恵まれていた。ルイスは彼と同世代人の中で、最大の読書家であり、彼はすべてのものを読み、読んだことをすべて覚えていたとルイス研究家であるウィリアム・エムプスンが言っている。[3] ルイスは自分の講義を暗記しており、講義ノートを見ることなしに語ることができた。オックスフォード大学の教員たちは多くの場合、講義原稿を見ながら、それを読み上げるだけであった。それに対し、ルイスはよき語り手は聴衆と心を通わせなければならないと考えた。書いたものを聴衆に向かって読み上げるだけでは聴衆を眠らせるだけであると、[4] ルイスは言ったことがある。彼は、講義原稿を聴衆に向かって読み上げるのではなく、彼らに語りかけることを学ばなければならないと考えた。学生たちはルイスの講義スタイルを愛した。それはオックスフォード大学英文学部の他の教員たちの講義スタイルとは対照的であった。

　第三に、ルイスの講義は話術に優れていただけではない。講義の内容が素晴らしいことが、広く認められた。ルイスは主要な文学作品（とくにミルトンの『失楽園』）の内的構造を把握し、それを適確に伝える能力に恵まれていた。ルイスは大量の事実を学生たちにぶつけるのではなく、ミルトンやエドマンド・スペンサーなどの作家たちが言わんとすることの「大きな見取り図」を示し、学生たちが大思想家を理解するのを助けた。他の教員たちがテキストの細部について騒ぎ立てるのに対して、ルイスは作家たちの作品の背後にある大きなテーマを開示して見せた。

ルイスはオックスフォード大学モードリン学寮で英語学の個人指導員でもあった。当時、オックスフォード大学では個人指導を受けた。個人指導制度が教育の中心に置かれていた。英語学を学ぶ学部生は毎週一時間、ルイスの個人指導を受けた。彼らは自分の書いたエッセイを読み上げてルイスに聴かせ、続いてそのエッセイについての検討がなされ、議論がなされた。オックスフォード大学のルイスの学生たちは、自分たちの着想の要点をルイスに向かって説明し、さらに大きく展開しなければならなかった。彼らは大雑把な総括的主張によって逃げおおすことはできなかった。彼らがそのような話をすると、ルイスは割って入り、彼らが結局何を言いたいのかを説明することを求めた。学生が説明すると、次にその見解を弁明しなければならなかった。

当時ルイスはオックスフォード大学の学内政治にますます深く関係するようになった。とくに英文学部の運営に関する論争に巻き込まれた。英文学部のカリキュラムに最近の作家の作品も含めるべきであるという議論が英文学部の教員の間では多数派を占めていた。ルイスはそれに反対であった。そのため、ルイスはオックスフォード大学全体から見ても、ますます居心地の悪い立場に追いやられていた。ひとつ、愉快とすべきことがあった。オックスフォード大学で起こっていた知的対立で、反対派に立っていた偉大な人物がルイスの逃げ道を用意してくれた。一九五四年にケンブリッジ大学に「中世およびルネサンス期の英語学部」が新設され、ルイスはその初代学部長として招聘された。彼はケンブリッジ大学に移り、そこに驚くほど速く溶け込んだ。そして新たな生涯を踏み出すことができた。彼の卓越した学才が評価されることになった。一九五五年七月には英国人学者が誰でも夢見る最高の栄誉である英国学士院会員に選ばれた。

ルイスは卓越した学者の一人であると広く認められたことになる。ルイスは教育のプロセスそのものについては、どう考えていたのであろうか。教育はどのようになされなければならないのか。教育の目的は何か。教育について、私たちの昼食会でルイスが強調したいことは何か。私たちは、ルイスが主要な問題であると考えたいくつかのテーマに焦点を当ててよう。

年代記的思い上がり
――最新のものがなぜいつも最善のものではないのか

私たちの第二回の昼食会で、フランシス・ベーコンの言葉を引用した。「古い木は薪として最高、古いワインは飲むのに最高、古い友は最高に信頼するに足り、古い著作家の作品は読むのに最高である」。円熟期のルイスはこの言葉に深く肯きながら深く味わい楽しんだことであろう。しかし、若きルイスは古い著作家の思想にほとんど共感を持とうとしなかった。彼は新しい輝かしい時代に生きていた。その輝かしい時代を、なぜ過去の古ぼけた思想で台無しにする必要があるのか。昔の著作家は時代遅れの思想家であって、過去の名残として研究する価値はあるだろうが、現代に対するアドヴァイザーとして尊重される必要はないと考えた。

ルイスは一九二〇年代に、オックスフォード大学のワダム学寮の学部生であったオーウェン・バーフィールドと知り合った。二人の若い学生は、いろいろの問題をめぐって何度も議論をたたかわせた。時にはふざけ半分の言い合いにもなったが、時には恐ろしい形相の喧嘩にもなった。その頃、ルイスは「新思想（New Look）」にかぶれていた。それは過去にあった考え方や価値観をすべて退ける考え方であった。

実業家ヘンリー・フォードの有名な言葉「歴史はでたらめの宝庫」(5)に、ルイスは同意していたであろう。現代の世界にはありあまるほどに多くの問題があり、過去のことをあげつらっている暇はない。世界が急速に変化しているのに、過去に引きずられることはない。過去は債務であって資産ではない。過去にわずらわされることは、よくても時間の無駄である。最悪のことは、時代遅れの考え方に我々が縛られてしまうことである。過去のことなど、完全に無視しようではないか。

一九二〇年代初めの頃、ルイスはそう考えていた。それでも、ルイスは古代ギリシアやローマの古典世界に関心を寄せていた自分と、新思想にかぶれた自分との間に緊張があった。私たちがプラトンやアリストテレスを学ぶのは、私たちが彼らの時代よりもどれだけ進歩したかを理解するためであると、ルイスは考えていたようである。新約聖書の著者たちと同じく、これらの思想家は古い時代の虜となっており、人類史上最大にして、かつ最も破壊的であった戦争が終わってから開けつつある「素晴らしき新世界」に対しては何の意味も持たない。

しかし、バーフィールドはそのように過去を拒否する考え方は全くの間違いであると、ルイスに理解させた。ルイスは自分が「年代記的思い上がり」という罠にかかっていたことを知った。彼は「自分たちの時代の知的風潮を無批判に受け入れ、それゆえにすべて過去のことは時代遅れで信憑性を失ったもの(6)」と考えていた。文学作品を読むこと、とくに昔の文学作品を読むことは、この種類の年代記的思い上がりに対する重要な挑戦であることを理解した。最新のものが必ずしも最善のものではない。最新のものはまだ試されているのであり、そのうちに適切な評価を得ることになる。

ルイスのエッセイ、「古い書物を読むことについて」(一九四四)はまさにこの問題を扱っている。ルイスは過去の文学が、それを読む者に時代の変化に耐えた考え方を与えてくれることを理解した。それにより、読者は「現代に起こっている論争を適確な角度から(7)」見ることができるようになる。ルイスは続けて言う。私たちは古い書物を読むことにより「何世紀にもわたって吹き続けてきた爽やかな海風を、私たちのこころに呼び込み(8)」、それにより、私たちが「時代精神」の虜にならずに済むのだと言う。

人々はあまりにも簡単に最近流行の文化や知的風潮の虜になりやすいと熟年期のルイスは考える。人々は「最新の」考え方を取り入れたいと願うあまり、各種のメディアで取り上げられる最新の思想を無批判に受け入れる。古い書物を読むことにより、「基本的前提は時代によって非常に異なる」ことを理解することができるとルイスは主張するようになった。絶望的に時代遅れだと感じられる思想も、かつては流行の最先端を行っていたものであったことを忘れてはならない。かつては新鮮で光り輝いていたものも、いずれ陳腐で古臭いものになる。ルイスは「無学の人には確かなことと見えるものの多くが単に一時の流行にすぎない」[9]と言う。それは言い過ぎかもしれない。しかし彼の主張は公正穏当なものである。最新の思想はつかの間のものであり、後の世代を興奮させ、刺激する永続的力を持たないものが多い。

そうすると古い思想だけがよい思想であり、新しい思想はどれも悪しきものだとルイスは言うのであろうか。そうではない[10]。彼は私たちに批判的であれと言う。新しい思想に対しては注意深くあらねばならない。新しい思想は正しいかもしれないし、間違っているかもしれない。思想は新しいから、自動的に正しいのではない。同じように、古い思想の多くは（全てではないが）永続的価値を持つ。それは何世紀にもわたって自らの正しさを証明してきたのであり、将来に向かっても重要であり続ける。私たちはどの思想が永続的重要性を持つのかを見分け、永続的重要性を持つ思想を堅持しなければならない。

ルイスが何を考えているのかを理解するために、一つの例を見てみよう。ルイスは一九二〇年代半ばにオックスフォード大学モードリン学寮の個人指導教員となった。当時英国の文化エリートたちは優生学に心酔していた。優生学はチャールズ・ダーウィンの従兄弟フランシス・ゴールトンが打ち出した考え方である。それはダーウィンの自然淘汰説の帰結として編み出された。優生学の信奉者たちは、人類の将来を自然淘汰という偶然の過程に任せるのではなく、自然淘汰の作用を排除して、熟慮に基づく計画的淘汰を用いるべきであると主張した。将来の社会にとって都市計画が必然的であり重要であるように、優生学的計画も考えるまでもなく当然に重要なことだとされた[11]。

優生学は進歩的で科学的な考え方であり、ダーウィン主義の自然な帰結であるとされた。人類の将来の繁栄を確実なものとするために、ある種の人々は断種されるべきであるとされた。彼らは遺伝子給源を汚染するのだとされた。世俗的左翼の指導的知識人たちが、この輝かしい新説を支持するために総動員された。それは一九二〇年代、一九三〇年代に英国社会党にとって急速に政治的に正統的な思想となった。

H・G・ウェルズは、進化のプロセスを文化エリートが制御しなければ、人類は絶滅すると確信した。ウェルズはレーニンに会い、レーニンのロシア革命は進化過程制御のための重要な第一歩であると考え、一九二〇年にレーニンに会い、レーニンは「よいタイプの科学的人間」であると思った。ウェルズはソ連邦が非常に多くの国民を殺害していることに気付いていた。しかしウェルズは、それは新しい人類を形成するための代価であると信じた。人類の将来を安全なものにするために、望ましくない分子は除去されなければならない[12]。世界の諸国は多くのことをレーニンから学ぶべきであると、彼を信頼する読者たちに説き聞かせた。彼の読者の中に、それを受け入れる人々がいた。

優生学協会の会員数は一九三〇年代に最大になった。ジョージ・バーナード・ショーは「精選された人々だけの種付け」は社会の将来にとって不可欠のことであると言った。H・G・ウェルズはそれよりも強烈な意見を持っていた。優生学は「有害なタイプの人間や性格」を排除し、それらに代わって「好ましいタイプの人間を育てる」ことになる。西欧の進歩的知識人たちが優生学はとんでもない間違いであると思い始めたのは、アドルフ・ヒトラーが優生学の闘士となってからである。しかし、その時にはもう手遅れであった。

C・S・ルイスは一九三〇年代、一九四〇年代を通して、H・G・ウェルズの最も鋭い批判者の一人であった。ルイスのサイエンス・フィクション三部作は、どれもウェルズ批判である。ルイスにとって優生学は非人間的なもの以外の何ものでもない。優生学運動は、科学に基づいているがゆえに、素晴らしく進歩的なものに見えるかもしれない。しかし、それはまさに「年代記的思い上がり」により喧伝されていた。優生学は科学的信憑性と新しさだけのゆえに正当化されていた。現代ではだれも優生学を真剣に受け止めようとしない。それは抑圧的であると、広く認められている。しかし一九三〇年代には世俗的左翼知識人により、人類の将来にとって最善の希望であるとして、声高に唱導されていた。ルイスの警鐘は真剣に受け止められなければならない。新しい思想は最高に悪い思想である可能性がある。そしてそれがいかに悪い思想であるかを人々が認識するに至ったときには、それを排除することが難しくなっている場合がある。

もう一つ、ルイスが主張したい問題がある。私たちが古い書物（例えば、一六世紀に書かれた科学に関する書物）を読むとき、私たちはそこに書かれていることについて、優越感を感じることがある。「あの頃の人たちはこんなことを考えていたんだ。今日こんなふうに考える人はいない。私たちは進歩したのだ。私たちの考えていることの方がはるかによい」と私たちは考える。

ルイスは、その時、私たちが罠にかかったと知るべきであると言う。私たちは、私たちの考えが正しいと思う。しかし、どの時代の人も、自分たちの考えが正しいと思うものであることを私たちは理解しなければならない。将来（例えば一世紀後）の人々が私たちの時代に解決済みとされる考えについて何と言うかを想像して見てはどうかとルイスは言う。私たちが過去の人々の考えについて言うのと同じことを、彼らも言うのではないだろうか。

読者はルイスが何を考えているのかお分かりだろう。私たちが過去に対して持つ批判的態度は、将来の人々が私たちに対して向ける判断を予想させるのだとルイスは言う。最も新しいものが最善のものだとはとても言えない。後の人々は、今日私たちが大事にしていることの多くを廃棄するかもしれない。私たちの考えの中には永久的価値を持つものもあるかもしれない。ルイスが私たちに言おうとすることは、ただのガラクタに過ぎないものと真に価値あるものとを見分けることの重要性である。

しかし、ルイスがしていることは、ただ最近の思想が最善のものであるという前提を疑問に付することだけではない。ルイスは、私たちが最善であると確信する考え方が、本当に最善のものなのかどうかを吟味することを要求する。「私たちに現実はこう見える、従って現実はそのようになっている」とは、私たちが立てる最も自然な仮定である。ルイスは私たちが他人の目でみることを勧める。その結果として、私たちが現実についてより広い識見を得るよう勧める。

この問題について、ルイスにもう少し説明してもらおう。より広い識見とはどういうことであろうか。

私たちの識見を広げる

教育とは「私たちの識見（ヴィジョン）を広げること」、あるいは「私たちの心を広くすること」であるとルイスは考える。この基本的考え方は古典古代の多くの思想家たちにもあった。彼らは教育とは、私たちが自分たちの限界から救い出すことであると考えた。私たちは、自分たち自身が世界をどう見ているかを知っている。しかし、それは最善の見方であろうか。そして私たちはどのようにして、別の見方を獲得できるであろうか。

ルイスは素晴らしい答えを与える。それによれば、私たちは自分の見方によって、自分の個性を保つだけでなく、同時に世界をより深く見ること、より豊かに見る見方に向かって道を開く。文学作品は世界を異なる見方で見ることを教えてくれる。文学作品を読むことは私たちの目を開き、世界を新しい相関関係において見ることを可能にし、自分が知らなかった別の世界理解を知り、それを評価し、採用することができる。

> 私にとって、私の二つの目だけでは充分ではない。私は他人の目を通しても見る……偉大な文学作品を読むことにより、私は一千人となり、しかも私自身であり続ける。私はギリシアの詩に詠われる夜空を幾万人の目で見て、しかも見るのは私である(13)。

ルイスによれば、文学作品を読むことは「他人の目によって見ること、他人の想像力で想像すること、自分の心だけでなく、他人の心によって感じること」である(14)。

文学作品を読むことは他人の「意見のうちに完全に入り込み、したがっていろいろな態度や感性、経験の全体のうちにはいりこむこと」であると、ルイスは言う(15)。つまり、文学作品を読むことは私たちを新しい考え方に対して心を開くこと、あるいは、かつて私たち自身が正しいと思い込み、彼らは間違っているとして退けた人々を再び訪ねることを強制することである。

ルイスは必ずしも私たちに自分の考え方を放棄しろと要求しているのではない。むしろ私たちがより高く、さらに深く進むことを、いろいろなやり方で勧めている。私たちが（自分の）考え方を放棄するのが正しいこともある。その場合も、なぜそれを放棄するのかを理解しなければならない。いずれにせよ、私たちと同じ考えを持つ人物に出会わないとも限らない。そのような人物とのやりとりも、その考え方がどこから出てきたのかを理解していれば、またそれが惹き起こした反響を十分に考察していれば、より満足のいくもの、より積極的なものになるだろう。

また時には文学作品を読むことにより、ある考え方の力を自分が十分に理解できていなかったこと、あるいはその考え方が世界を理解する力をもつことを悟ることになる場合もある。ルイスにとって、学ぶことは世界を見る見方を「試着」してみること、それにより、それらの見方がどれだけ自分に似合い、世界を理解する上で有効であるかを試してみることである。ルイス自身がキリスト教を受け容れたことも部分的にはそのような理由による。彼はキリスト教関係の文献を読み、そこには世界の説明の仕方について、世俗的な説明よりも優れた何か特別のもの、現実的で真実なものがあることを理解するようになった。「心底から無神論者になろうと決心した青年ならば、そのためには自分の読書についていくら警戒してもいいのである。至るところに罠があるからだ[16]」。ルイスはキリスト教関係の文学作品を読んだことが、自分をキリスト教信仰に引き戻した理由の一つであると考えた。

ルイスは『喜びのおとずれ』で明らかにしたように、ジョージ・ハーバートやジョン・ダンなどのキリスト教詩人たちの世界観を学んで、世界を驚くほどよく理解できるようになった。それは彼らが正しいからなのかとルイスは考えた。それはルイスにとって、あまり心地よい感想ではなかった。ルイスはその頃、ますます弱気になりながらも、まだ無神論信仰にしがみついていたからである。

しかし、ルイスにとって、教育とは単に他人の考え方や世界の見方を広く知ろうとするだけのことではなかった。それは、彼らの思想の中に住む（生きる）ことであった。言い換えれば、彼らが教える考え方や生き方を経験（追体験）することであった。ルイスは自分の言いたいことを分かりやすくするために、巧みな比喩を用いる。それはE・M・フォースターの小説、『眺めのいい部屋』（一九〇八）に活き活きと描かれるイギリス人旅行者たちの物語である。ある旅行者たちは、彼らが訪ねる国から何の挑戦も受けようと思わずに旅行する。彼らはイギリスの茶を持参し、行く先の国の飲み物を飲まないで済まそうとする。彼らはそれらの土地の文化に触れようとせず、彼らが「英国的なもの」と考えるものをいかなる犠牲を払っても維持しようとする。[17] そして、彼らが帰国するときには、彼らが経験したことによって全く汚染されないままである。

ルイスにとって、真実の旅行者は、外国での経験に学ぶ用意のある旅行者である。彼らは土地の食べ物を食べ、土地のワインを飲む。彼らは「外国を、自分が見たいように見るのではなく、その土地の住民が見ているように見る」。その結果、これらイギリス人旅行者は「考え方も感じ方も修正されて」帰国する。彼らは旅行によって世界についての識見（ヴィジョン）を大きくされる。

教育とは、私たちを変えることである。私たちが常に正しいのではないこと、他の人々が世界を経験するように私たちが経験することにより、教育は現実をより深く、よりよく洞察することができるように助けてくれる。ルイスはそれが全体的によい教育の性格であると考えるが、信仰的により高く、またより深く進もうとするキリスト者の教育としても重要であると考える。そのことについて、ルイスが考えることを突き止めてみよう。

より深く理解する――学ぶことと、キリスト者の生き方について

オックスフォード大学の特別研究員（個人指導教員）たちの間の関係は残酷なものであった。大学の研究者同士が互いに誹謗し合うことはよいことだとされた。「あいつは表面的には深い学識を持っているように見える。しかし深い所では、あいつは浅薄である」。ルイスの教育論の大きなテーマの一つは、現実世界のより深いところを探り、現実世界に関する私たちの識見を拡大することであった。この教育理解はとくにキリスト教にとって意義深い。私が二〇歳代にルイスの著作を読み始めたとき、私の信仰がいかに浅いものであるかを思い知った。そしてルイスが私自身の信仰がどのようなものであるかを知り、結果的に、私の信仰を深める助けを提供してくれることを知った。

そこで、ルイスは自分の教育理論を自分の信仰にどう応用したのであろうか。知識は私たちの信仰生活にどのような助けを与えるのか。ルイスが一九五二年二月に書いた手紙で用いた彼の造語、「深い教会（Deep Church）」が何のことかを検討してみよう。[18] ルイスはこの表現を、キリスト教の伝統を価値あるものとし、その考え方を今日に生かそうとするという意味で用いている。ルイスはリベラリズムやモダニズムはキリスト教界に近年現れたもので、あまり歓迎できないものと考える。そういう傾向とは違って、キリスト教界全体が同意する基本的な正統的信仰が、いつの時代にもあったと彼は考える。それが今日の教会の生命を、窒息させるのではなく、むしろ豊かにする可能性を持っている

のだと主張する。ルイスは世俗的モダニズムの知的てらいや、リベラルを標榜する人々の「水割りのキリスト教」の霊的空虚さを厳しく批判する。その批判はそれら二つの傾向がはるかに重要で価値ある何ものか、つまり「深い教会」に対する裏切りであるとの確信に基づいている。

ルイスにとって最善の状態にあるキリスト教は過去に根差しながら現代に切り結ぶものである。「深い教会」とは何であるかを説明するために「すべてのところで、万人により（ubique et ab omnibus）理解されたキリスト教」を指すと宣言する。これはラテン語の標語を短くしたもので、「すべてのところで、すべての人により信じられた信仰」のことである。つまりそれはキリスト教界全体が同意する基本的な正統的信仰のことである。一九四四年に、ルイスはそれを「簡潔にして中心的なキリスト教の旗印（リチャード・バクスターが「単なるキリスト教［Mere Christianity］」と呼ぶもの）[19]」として、私たちが必要とするものだと述べた。それは「無味乾燥な」最低限のキリスト教教理体系、最小公倍数として要約されたキリスト教ではない。それはむしろ「確実なもの、首尾一貫したもの、そして無尽蔵のもの」である。それは（ローマの）「水平で長大な水路橋」のように、生命を与える水、つまり信仰を何世紀も絶えることなく私たちにもたらし、私たちを生き返らせ、生き続ける力の源を与えてくれるものである。

ルイスは教会の歴史とは、聖書を解釈する最善の方法を求め、聖書に含まれる豊かな思想を言い表し、味わうために、長く続けられてきた会話であると考える。そして私たちにもそう考えるよう勧める。私たちはその会話がどのように発展したかを理解するためには、その会話がはじまった時点に戻って、それに連なる必要がある。「八時に始まった会話に一一時になってから参加したのでは、語られていることの真の趣旨を知ることはほとんどないであろう」[20]。

では、そうするために私たちはどうすればよいのであろうか。誰の著作を読めばよいのであろうか。ルイスは自分にとって有益であった何人もの著者の名を挙げる。例えばジョージ・ハーバートやトマス・トラハーンなどの詩人、ヒッポのアウグスティヌス、トマス・アクィナスなどの神学者の名を挙げる[21]。しかしこれらの著者たちは、必ずしもわたしたちが読まねばならない著者ではない。ルイスが選ぶ著者たちは、彼の個人的関心を反映している（彼は英文学の専門的研究者であったから）。これらの他にどのような著者が有益であろうか。

わたしたちにとって自明である著者はルイス自身である。ルイスの『キリスト教の精髄』があれほど多くの人々に読まれた理由の一つは、この著はルイスが称賛し表現した、あの「深い」キリスト教を純化したものだからである。『キリスト教の精髄』は新鮮で爽快な「何世紀にもわたって吹き続けてきた海風」を捉え、瓶詰にしたものである。それゆえに、この著を読むことにより、ルイスが行った読書の実りを、私たちが同じ苦労をせずに、受けることができる。ルイスのキリスト教理解はプラトン、アレクサンドリアのアタナシウス、ヒッポのアウグスティヌス、トマス・アクィナス、トマス・ア・ケンピス、ジョージ・ハーバート、トマス・トラハーンなどの堅実な古典的遺産によって主に形成された。それらの著者に加えて、ジョージ・マクドナルドやG・K・チェスタトンから得た想像力、護教の香料がある。

ルイスを読むことは、魅力的で受け入れやすいかたちに表現されたキリスト教思想の「偉大な伝統」に連なることである。ルイスは「深い教会」の遺産をより近づきやすいものにする道のようなものである。私自身の経験では、ルイスの本格的著作（例えば一九四一年の説教『栄光の重み』）を読むことにより、ヒッポのアウグスティヌスやダンテなどの著作を読みたくなった。同時に、ルイスの著作はアウグスティヌスやダンテの思想の対する入門の役割を果たしてくれた。ルイスは旅行案内人のような存在であると言うことは、ルイスを矮小化することにはならないと思うが、歴史の注目すべき記念碑に私の注意を喚起しそれらの重要性を手短に解説してくれる。ルイスは自らそれらの記念碑を訪れており、私に自分でもより深く理解して見たいと思わせてくれた。そして私がそれらの記念碑を訪れたとき、私がルイスの解説で見出したことを確認しただけでなく、それ以上のものがあることを知った。

しかし、ルイスが紹介する人々の他にも、キリスト教信仰の「偉大な伝統」の上に立っている思想家がいる。彼らも私たちの信仰理解を豊かなものにしてくれて、私たちをよりよきキリスト者にしてくれる。私はキリスト教思想史の専門的研究者の一人として、近年出版された最善の著作のいくつかは、古い時代の思想家に依存しており、昔の思想家の知恵や洞察を新しい世代の読者に提供していることに気付いた。事実、多くの人々が発見したように、気の抜けた信仰を癒す解毒剤は、ルイスも含め、それら私たちを生き返らせ、生命を与える泉に深く飲むことのうちにある。

そこで、教育の目的は何なのか。ルイスならば、私たちが現代だけにこだわるのではなく、私たちの世界像を拡大し、私たちの信仰の深さを探求する道を示すであろう。これらすべてのことが、私たちをして愛を見出し、善を愛し悪を退けることを保障するのではないにしても、私たちが敬虔な人生を歩む道を求めることを助けてくれるであろう。また、それらは、私たちが困難に遭遇するときにも、善から離れないよう助けてくれるに違いない。それが次の昼食会の話題である。

7 苦しみにどう立ち向かうか

痛みの問題についてC・S・ルイスが考えたこと

死すべき者が、神にも答えることのできないことを問うことが出来るのか。それは簡単にできることだと思う。すべてのつまらない問いに答えがない。一マイルに何時間あるのか。黄色は四角なのか円なのか。おそらく、私たちが問うことの半分——私たちが問う神学上の大問題、形而上学の大問題——はそのような問いである。

C・S・ルイス『悲しみをみつめて』

ルイスの思想の中で最も興味深くまた魅力溢れる主題は、キリスト教が豊かな想像力と、鋭い理性とによって満足のいく人生の「大きな見取り図」を提供することに固執している点であろう。キリスト教は私たちが自分の周囲で起こっていることや自分のうちで経験することの意味を明らかにする。ルイスはキリスト教信仰と昇って来る太陽とを比較することをとくに楽しんだ。闇の中に閉ざされていた景色が太陽により明るく照らされるように、神は暗い世界に光を注ぐ。

しかし事はそれほど単純であろうか。これまでルイスと何回か昼食をともにしてきたので、私たちはルイスに疑問をぶつける自信を少し持てるようになった。ルイスが用いる太陽の比喩は、すべてのことが明らかに見えるようになるということだろうか。太陽が昇ればすべての暗黒部分が消えてしまうということだろうか。決してそうではない。世界にある苦しみや痛みはどうなのか。確かにそれは難しい問題である。

ルイスもそれに同意するであろう。キリスト教は他のどんな世界観にまさって、世界に鋭い焦点を当てる。しかし、キリスト教によりすべてのことが明確になるのではない。全てのことが明るくされるわけではない。影の世界、太陽が昇っても完全に明るくされない部分が常にある。つまり、信仰の旅も影の部分、暗い世界を通らねばならないことがある。わたしたちには理解できないこと、制御できないことがある。ほとんどのキリスト者にとって、信仰上、知的にも感情的にも困難を覚える問題は苦しみの問題であろう。たしかにそれは問題である。なぜ善なる神は苦しみの存在を許すのであろうか。苦しみは私たちの人生にとってどういう意味があるのだろうか。

ルイスを人生の厳しい現実を知らない「象牙の塔」内に安住する思想家と見なすことは簡単である。しかし実際には、ルイスは苦しみを自らの体験として知っていた。そして苦しみについて多くの時間をかけて考えを重ねた。彼の二つの著作、『痛みの問題』と『悲しみをみつめて』はこの問題を扱っている。ルイスが苦しみの問題を重視したことは明らかである。私たちは昼食の席についたところで、ルイスの彼自身の体験を語ってもらうよう頼み、苦しみが彼の人生においてどのような役割を果たしたかについて話してくれるよう頼もう。

ルイスが経験した苦しみ

ハリウッドは上手に物語をつくるが、歴史を語るのは不得手である。映画『永遠の愛を生きて』はルイスと離婚歴のあるアメリカ人女性ジョイ・デイヴィッドマンとの結婚に関する一つの物語（ハリウッド流の物語）である。また彼女が癌で亡くなった悲劇に対してルイスがどう反応したかについての物語である。この映画はルイスを非社交的で、喜怒哀楽の感情に乏しい独り者として、そして上品ぶったジョイ・デイヴィッドマンとの恋に陥って人生を台無しにされた人物として描いている。しかし彼を知る人々はこの映画を酷評する。

しかし、この映画についてより深刻な問題は、その基本的前提である。映画では、ルイスをナイーヴで世事に疎く、世とかけ離れた気楽な生活をしているオックスフォード大学特別研究員とされており、妻が癌にかかり突然に生活を乱された人間として描いている。映画では、ルイスはデイヴィッドマンの病と死に接して、自分の単純平凡な信仰ではこの複雑な現実に耐えることができないことを知り、信仰を捨てて、むしろ無味乾燥なヒューマニズムに移ったように描かれている。

これは全く馬鹿げている。そこで、まずこの誤解を解くことから始めよう。彼の人生の初めの九年間は世から隔離された生活を送った。彼の父アルバートと母フローラとの間には二人の息子があり、一家はベルファストの中産階級の住む地区で、快適な生活を送っていた。アルバート・ルイスは弁護士として成功しており、ベルファストの高級住宅地ストランドタウンの大きな新居に移り住むことができた。しかし一九〇八年にルイスの世界は崩壊した。彼の母が癌にかかっていることが判明した。母は一九〇八年八月に、長く苦しい闘病生活の後に亡くなった。

母の死によりルイスは打ちのめされた。『魔術師のおい』にはルイスの心から消え去らない苦痛が垣間見られる。死の床にあるディゴリー・カークの母親のことが愛情深く描写される。そこにはルイス自身の母親が最期を迎える日々について、忘れることのできない想い出が綴られているように見える。「そこにおかあさんは、ディゴリーがいままで何度も何度も見てきたとおりに、高くした枕に上半身を支えて、見ただけで泣きたくなるほどやせた青い顔をして、寝ていました[1]」。

ルイスは彼と同年代の多くの人々と同じく、「大戦争」による重度の心的外傷を負っていた。ルイスはフランス北西部の戦線にある塹壕にいた。ルイスはそこで死や破壊や苦しみの悲惨な情況、「身の毛もよだつほどに打ち潰された兵士」や「坐ったままの死体、立ったままの死体」を多数目撃した[2]。そのような惨状に直面して、誰が神を信ずることができるだろうか。

ルイスの詩集『虜となった魂（*Spirits in Bondage*）』には、当時書いた詩が収められている。「元旦賦」は一九一八年一月にフランス北西部の町アラス近くで、ドイツ軍の砲火を浴びながら書いたものである。この詩は、もともと人間が発明した神なる存在の最終的な死を厳かに宣言する。「赤い神」が人間の挙げる苦悩の叫びに「耳を貸す」などと考えることは信じられなくなり、神は面目を失った「殺す力」として、神観念は泥のうちに投げ捨てられている。ルイス自身が戦争の犠牲者となった。彼は一九一八年四月に戦傷を負った。その後しばらくして、病院で傷の手当てを受けている間に、ルイスは親友のパディ・ムーアが戦死したことを知った。

ルイスは一九一九年一月にオックスフォード大学に戻り、学生生活を再開した。その時点で、ルイスは戦線で鍛えられた無神論者であった。彼の身体から砲弾の破片によって受けた傷が消えることがなかった。しかし、彼の魂が受けた傷はそれよりも深かった。彼は宗教を冷笑し、神に対する信仰を軽侮した。

ルイスは今日彼の著作を読む人々の誰も受けることのない深い心的外傷を負った。それでも、ルイスの無神論はぐらつき始め、遂に崩れ落ちた。一九三〇年までにルイスは「再改宗」をしていた。そして一九三二年夏までにキリスト教の想像力と合理性とを完全に把握していた。『天路退行』（一九三三）が明らかにするように、ルイスは人生の見方を完全に変えていた。

では、世界を見る目が変わったことで、ルイスが痛みや苦しみを理解することに、どのような変化をもたらしたのだろうか。苦しみについてルイスが考えることには、三つの主要な点がある。第一は、彼を護教家として注目させた著書、『痛みの問題』（一九四〇）で扱われる問題である。第二はナルニア歴史物語の最終巻『さいごの戦い』（一九五六）で扱われる問題である。その書で、ルイスは現在の世界における苦しみを来るべき新しいナルニア国の光のもとで理解する。第三は、もちろん、『悲しみをみつめて』（一九六一）において苦しみと激しく対決する点である。今回の昼食会では『痛みの問題』と『悲しみをみつめて』とを取り上げる。

昼食の席についたところで、私たちはルイスに、彼が苦しみの問題を本格的に取り上げた時のことを話してもらうことにしよう。彼は『痛みの問題』において、どういう問題を探求したのか、そしてどのような方法を用いたのか。

『痛みの問題』

先の昼食会で知ったように、ルイスは一九三九年にロンドンの小さな出版社、アシュレー・サンプスンから『痛みの問題』を書き、出版しないかとの招きを受けた。サンプスンは自分が企画編集していたシリーズ、キリスト教が抱える問題を扱うシリーズに、ルイスが何か書いてくれないだろうかと考えた。痛みの問題について書いてくれないだろうかとルイスに問い合わせた。ルイスは同意した。そしてそれが護教論に関する彼の最初の著作となった。

ルイスはどのような方法を用いたのであろうか。映画『永遠の愛を生きて』では、『痛みの問題』におけるルイスの方法はただ一つの引用で要約されている。苦しみは「耳の聴こえない世界を呼びさまそうとしたもう神のメガホン[3]」である。これは、この著作についても、ルイスの立場全般についても、いささか浅薄かつ単純化された要約である。ルイスはある時点では、苦しみが私たちを善良な社会人にするのを助けてくれると考えたこともあった。『痛みの問題』のある小さな一部分は、右記の引用文で要約されるかもしれない。しかし、その前にある文章も一緒に引用すると、ルイスの考えがより明瞭になるだろう。「神は、楽しみにおいてわたしたちにささやきかけられます。良心において語られます。しかし苦痛においては、わたしたちに向かって激しく呼びかけたもうのです。苦痛は耳しいた世界を呼びさまそうとしたもう神のメガホンです[4]」。

ルイスは『痛みの問題』の冒頭から、痛みがキリスト者の人生において占める位置について論ずるのではないと明言する。彼は痛みが私たちキリスト者に「不屈の精神と忍耐」を涵養することについて論ずる資格が自分にはないのだと言う。彼の目的は苦しみによって惹起される「知的問題を解決する」ことだと言う。[5] 焦点をこう設定したため、ルイスは痛みの問題を過度に知的なかたちで扱うことになる。読者の中にはそのことに疑問を感じた者もある。もちろんルイスは苦しみが単に知的なクロスワード・パズルに過ぎないとは思っていなかったであろう。

それでも、私たちはこの問題を、ルイスが自分の問題意識に従って扱ったことを容認すべきであろう。ルイスが頼まれたのは、キリスト教信仰の知的局面を扱うシリーズの一書を書くことであった。この依頼を受けたとき、ルイスは執筆方針を企画した編集者が伝えてきた意向に沿って決めなければならなかった。さらに、痛みの「問題」は、感情的な影響を与えることにあるのではないことをルイスは明らかにしようとする。それは、痛みの問題が、世界は基本的に非合理的なもの、無意味なものとほのめかすからである。もし世界が無意味なものであるならば、苦しみも無意味である。

ルイスはこの書の冒頭で、かつて彼自身が無神論者であったことを読者に想起させよう（あるいは通告しよう）とする。その開巻劈頭の第一章のあちこちに問題がどこにあるのかが暗示されるが、『虜となった魂』で与えられていた答えは、そこでは示されない。『虜となった魂』では、人間の苦しみは耳の聞こえない天と、何も言わない神の前で生じることとして描かれていた。ルイスはかつて彼自身が信じていた宇宙像を描く。それは暗く冷たい不毛の場所であり、惨めさと苦しみに満ちた世界である。この宇宙は死に定められており、諸々の文明が何の目的も持たずに興っては滅びる場所、科学が予告するように、人類が最終的に滅亡する場所であるとされる。

ルイスは、この無意味な世界に直面して、彼がかつて持っていた結論を読者に提示する。「宇宙の背後にはいかなる霊も存在しないか、存在するとしたら善悪に全く無関心であるか、邪悪な霊であるか[6]」。それでも、彼の頭には疑問が浮かび始める。問題はそれほど単純なことなのか。「もし宇宙がそれほど悪いものなのであれば、なぜ地上の人々は宇宙を賢く善なる創造者の業と見なして来たのか」。痛みはキリスト教の観点からのみ「問題」となる。もし宇宙が無意味なものであれば、何の説明も必要ではない。痛みは他の全てのことと同様に、無意味である。

ルイスが特に言いたいことの一つは、痛みとは私たちが生きるために支払う代償であるということである。生命とは高価な物件であり、維持するには費用がかかる。「自然的秩序と自由意志の存在に伴う苦しみ痛みの可能性を排除しようとすることは、人生そのものを排除するのも同じだということに、あなたは気づくに相違ありません[7]」。私たちは痛みが存在することに慣れなければならない。それが世界の現実にすぎないのだ。

しかし、そこには問題があるとルイスは言う。彼はその問題を次のように指摘する。「もし神が善であるとしたら、被造物を完全に幸福にすることを願うでしょう。またもし神が全能なら、そうした願いを実現することができるでしょう[8]」。痛みが存在することは、そのことに疑問を突きつける。ルイスはしかし、そこで用いられる用語、例えば「善」というコトバの意味を詳しく調べる必要があるという。これらのコトバが日常生活で用いられるとき、そこに問題がある。それらのコトバが、神について用いられるときに、日常生活において持つ意味とは異なる特別の意味を持つとしたらどうであろうか。例えば、「善」と「親切」とを混同していたらどういうことになるであろうか。そのとき、私たちは痛みの問題を誤った角度から取り上げることになる。

まさにその通りになっているとルイスは言う。私たちは神の「善性」の真の意味を理解できず、それを本質的に感傷的な意味のコトバとして誤解した。私たちは私たち自身が神の愛の真の対象であることを知らなければならないとルイスは断言する。それは私たちにとって最善のことを中心に持つ愛である。たとえ私たちが自分たちにとって何が最善のことかを知ることができず、また自分たちの力で実現できないとしても。苦しみは私たちが間違ったことあるいは悪いことを行ったときに、そのことを明らかにする。苦しみは私たちの存在の頼りなさとはかなさとを痛切に感じさせ、私たちは自分の力で生きていけるという思いを再考するよう要求する。

つまり、痛みは「すべて善し」という幻想を粉砕し、神が「反逆する私たちの魂の砦のうちに真理の旗[9]」を打ち立てることを可能にする。その上で、私たちが正しい選択をするのを助けてくれる。私たちは罪人であって、神に逆らう傾向を持つ。神は私たちが進む向きを変えるために、私たちを正すための何らかの手段がなければならない。痛みは私たちがどこで道を間違えたのかを悟らせる。しかし、私たちはそのように熱情的に愛されることを好まず、放って置かれたいと願う。

ここでのルイスの議論は主として論理的であって、感情や想像力には少しも訴えない。私たちは善の概念を知的に正しく捉えなければならない。私たちは、いわば消費主義的な善の理解とでも呼ぶべき考え方によって迷路に誘い込まれることを避けなければならない。それは私たちに幸福感を与えるか、よい気分にさせる考え方である。ルイスは神の愛に信頼すること、神が私たちの最善を願っていると信じることを私たちに求める。また、神は私たちと違って、賢明な目で世界を見ておられることを信ずるように求める。

この難しい点を理解するのを助けるために、ルイスは四つの異なるタイプの関係を考えてほしいという。そして、その一つひとつにおいて痛みがどのような役割をもつかを考えてほしいと言う[10]。これらの比喩あるいはモデルは、それぞれ創造者と被造物との間の愛の関係がどのようなものであるかを理解するのを助けてくれる。これらの比喩は、ルイスとしては稀なことに、聖書から直接に引用されている（ルイスは文学からとられる比喩を求めるのが普通である）。

第一の比喩は芸術家が自分の作品に対して持つ愛である。ここでルイスはエレミヤが語ること、陶工と粘土との関係を考えている（エレミヤ書一八章参照）。陶工は粘土で器を作るとき、作られた器に欠点があるのを見ると、作り直す。粘土は平に伸ばされ、新たに整形作業が始められる。ルイスが言いたいことは、陶工が粘土に対してあるヴィジョンを持ち、そのヴィジョンが完全なかたちになるまで、休まないことである。つまり、作り直すという作業は陶工の献身的な意気込みを意味する。それは陶工が陶器や家屋のように、生命を持たない「被造物」に対しても献身的な意気込みをもつことのしるしである。

ルイスはこの同じ比喩を用いて、さらにもう一つのことを言おうとする。どの芸術家も自分のどのように小さな作品のためにも苦心する。その作品がその芸術家にとって非常に重要なものであったらどうであろうか。もしその芸術家が「自分の人生の見取り図」を描こうとするとどうであろうか。言い換えれば、自分の名が後世に残るような傑作、芸術家としての生涯を飾る傑作を作ろうとすると、どうであろうか。彼はその作品のために特別の苦心を重ねないであろうか。その作品にどのように小さな欠点もないように努力しないであろうか。そこでルイスは、人間が神の創造物の最高傑作であることを私たちに想起させる。つまり、神は私たちに対して特別の苦心をなさったことを意味する。ルイスはその点を誤解しないでほしいと言う。

第二の比喩は「動物に対する人間の愛」である。ルイスがここで考えていることは飼い主と飼い犬との関係である。ルイス家には、ベルファストに住んでいた一九〇〇年代の初めにも、オックスフォードに住んでいた頃にも、複数の犬が飼われていた。この比喩はルイスが熟知していたことに関する。子犬は訓練されなければならない。なぜか。それは犬が健康で長生きするためである。もちろん子犬は訓練によってどのような利益を受けているのかを全く知らないで、訓練とは痛みを押し付けるもの、苛だたしいものだと思う。もし子犬が神学者であるとすると、子犬は人間の善意について、暗い考え方を持つに違いない。しかし、子犬が受ける訓練は健康な成犬になるためのものであり、成犬として生まれつき持つ能力を超える世界（例えば愛着や安楽の世界）を開くことである。

ルイスが用いる第三の比喩は、父親が息子に対して持つ愛である。おそらくルイスは、アルバート・ルイスと彼自身とのぎくしゃくした関係のことを念頭においているのであろうと思われる。父親は自分の息子を愛する。そして息子が世界で遭遇する困難に立ち向かう準備をさせようと願う。それと同じように重要なことは、将来息子が体験することになる「リスクや危険」を幼い息子が味わうことがないようにと父親は願い、将来それらの危険から保護する手段として、訓練を施さなければならないと考える。

最後に、ルイスは夫と妻との関係を取り上げる。そこでは、聖書において、神とご自分の民との関係を明らかにするために、それがしばしば夫婦関係になぞらえられることにルイスは注目する。イスラエルに対する神の関係はしばしば二人の愛人同士の関係に比較される。それは教会と神との関係が夫と妻の関係に比較されることが多いのと同じである。真の愛は愛の対象となる者を完全にすることにかかわる。ここでルイスが言いたいことは、私たちにとって真に重要な人々と私たちの関係においては、私たち自身が変化し、成長することが肝要であることである。真に愛する者は、自分が喜んで自分を変化させること、愛する相手のようになることを厭わない。愛は動的なもので、静的なものではない。神はあるがままの私たちを受け容れるであろうが、神は私たちを変化しないままに放置されることはない。神は私たちを前進させ、私たちがあるべき者になるよう助けて下さる。

ルイスはこれら四つの比喩を用いて、本当の愛は変革させる力を持つものであることを明らかにしようとする。本当の愛は、私たちが自分たちの現状をそのまま承認することを認めるのではなく、私たちが自分たちの限界を突き破り、よりよい社会人になることを可能にするために、情熱的な献身的意気込みを持つことである。「あなたは愛の神を求め、彼は来たりたまいました[11]」。

ただし、少なくともある一つのことに関して、ルイスが論理のいささか冷たく客観的な領域を離れ、想像力に近い領域に接近する場合がある。一九三一年九月の夜のJ・R・R・トールキンとヒューゴー・ダイスンとの対話の後、ルイスはキリスト教の物語の持つ力を理解するようになった。『痛みの問題』において、ルイスは痛みの問題に関する本質的に哲学的分析を、イエス・キリストの死の物語を探求することによって補っている。ルイスは『痛みの問題』の扉に、警句としてジョージ・マクドナルドのことば、「神の子が苦しみの果てにあのような死を遂げられたのは人間が苦しまないためではなく、人間の苦しみもまた、彼のそれに似るためであった」を掲げている。ルイスにとって、キリストにおける神の受肉は痛みの問題に対するキリスト教の答えの核心であった。「神は十字架刑を最初の星雲を創造されたときに見ておられた[12]」。苦しみは宇宙の構造の中に組み込まれている。しかし、苦しみは神がご自分の被造物を完成させるための手段とされたものである。

さて、それらはすべて非常に興味深い。しかし、それらが何を解決するのだろうか。それはキリスト者が苦しみを体験することが、犬が長生きをし、より役に立つ犬になるために苦痛を与えられるのだということと、どれだけ違うのであろうか。それに、『痛みの問題』の読者の多くはよい読後感を持つであろうが、読者の中には、まだ多くの問題が解決されていないと感じるのではないであろうか。この書は、痛みが実際には感情的な問題、実存的な問題であるのに、論理的解決しか与えていないと感じる人々があるのではないか。

ルイスは問題の取り上げ方に問題があることに気付いていたようである。それは、最終章で、より満足のいく解決がどこにあるのかを提示していることを、ある読者たちが気付いている。最終章は「天国」と題されている[13]。ルイスはキリスト者の天国観が私たちの苦しみの体験をどう理解させるのかという問題を論じている。ルイスのここでの主張の要点はとくに人が個人として存在することに焦点を当てているようであるが、他の著作でより厳密に探求されるテーマを暗示していると思われる。とくに一九四一年に行われた説教「栄光の重み」で扱われるものである。それらの著作はとくに私たちの関心を惹くものである。

難問と不可解なこと

『痛みの問題』が書かれたのは第二次世界大戦が始まったころであった。英国政府はロンドンを初めとして英国南部の主要都市がドイツ空軍による爆撃を受けるという恐れから、それら主要都市から児童をオックスフォードなどの地方都市に疎開をさせた。同じ恐怖が地方の都市にも広がり、あらゆる都市に灯火管制が敷かれて英国は「暗黒」の世界となった。夜になると、オックスフォードなどの地方都市も、ドイツ空軍爆撃機に発見されないように、暗黒の中に閉じ込められた。街灯はすべて消された。人家でも灯かりが外に漏れないように窓に厚いカーテンが掛けられた。そのため、夜になると都市は全くの暗黒になった。

先に私たちはルイスが「理解する」とは「見る」ことだと考えたことを知った。ルイスは、信仰生活を灯火管制下の暗い夜に道を歩くことに譬えた[14]。そこでは何にしてもはっきりと見えない。充分な光がない。しかし「辺りは全くの暗黒ではない。あちこちの窓の隙間から漏れる光がある」。時には私たちは大きな見取り図を垣間見ることがあり、暗黒に隠された秩序やより深い構造があることを確信させられる。痛みや苦しみは世界が不条理であるように見せかけるが、厚いカーテンで覆われた窓から漏れる光があり、闇の中にも何かを見ることができる。私たちは「到達不可能な至福の状態」が私たちの手の届かないところに浮かんでいること、よりよい世界への憧れを私たちの心のうちに抱かせていること、それが苦しみや痛みによって増幅されていることを発見する。

ルイスが私たちに理解してほしいと願っていることは、世界が無意味なものに見えるときがあることである。しかしそれは、私たちが暗くされた世界に生きていて、物事をはっきりと見ることができないためである。私たちは虚弱であり、私たちの視界も限られている。しかし物事が明らかになる時がある、とルイスは主張する。その時、被造世界における苦しみの位置も明らかにされる。その時が来るまで、私たちは忍耐強く我慢し、そのことから私たちが何を学べるのかを問わなければならない。苦しみはどのようにして私たちをよりよい社会人にするのか。

　これはより豊かな結果を期待できる方法である。ルイスは私たちの理解力が限られていることを強調する。私たちはすべてのことを自家薬籠中の物とすることはできない。私たちのこころはあまりにも小さい。そして世界は非常に大きく暗い。世界には太陽の光が届かない山奥の氷河のような世界もあり、私たちにとって不可解なことがあることが避けられない。

　難問と不可解なことの区別をはっきりさせよう。オックスフォード大学におけるルイスの親友の一人であったオースティン・ファーラーはこの区別にしばしば言及した。彼の妻は有名な推理小説作家であったので、この区別はファーラーにとって特別のものではなかった[15]。ファーラーはほとんどの探偵小説が不可解なことではなく、難問を扱うものであることを知っていた。読者が十分な情報を得れば、その難問を解き、見事にして要領を得た答えを出すことは難しいことではない。よく書けた探偵小説は、情報がまとめ合わされさえすれば、読者が冷静で客観的な論理を用いて殺人犯を特定することを可能にする。難問とは、私たちが十分な情報を得れば解決できる問題である。

　しかし、すべての問題が難問なのではないとファーラーは言う。問題の中には不可解なものがある。

それは人間の理解力を超えた事柄である。では、不可解なことを理解できないのはなぜなのであろうか。なぜ私たちはそれを解決できないのか。それは情報が不足しているためではなく、より根源的な問題であるからだとファーラーは言う。私たちのこころはこれら不可解なことを飲み込むにはあまりにも小さすぎる。そこには気の利いた要領のよい解決はない。私たちは解決の可能性を垣間見るだけであり、解決は私たちの手の届かないところにしかないように見える。難問には論理的な答えがある。不可解な問題の解決を得ようとするときには、適切に説明するにはそれがあまりに大きな現実を捉えているために、使われていることばを精一杯に拡大解釈して用いることを余儀なくされる。

私たちが苦しみについて考えるときに、この区別が役に立つことは明らかである。苦しみは難問ではない。それは不可解なことである。それは冷静な論理によって分析できることではない。ファーラーは私たちの理解力には限界があることをいやが上にも理解させる。何事か理解できないことがあっても、それが不合理なことであるとは限らない。そのことが私たちの理解力の限界をはるかに越えるものであること、それをのみ込み、完全に理解することができないだけのことである可能性がある。

ファーラーはここで私たちがルイスの考えているものと同じ考え方を展開する。そしてそれは便利な区別である。痛みはクロスワード・パズルのように、私たちが解決できる難問ではない。それは不可解なことであって、私たちの理解力を超える事柄である。[16]この区別は大変に役に立つ。

『悲しみをみつめて』

先の昼食会で、私たちは一九四〇年代がルイスにとって非常に困難な時期であったことを知った。パディ・ムーアの母親、ムーア夫人が一九一九年からルイスと共に住んでいた。ムーア夫人は一九四〇年代末に心理的に不安定になり、それがますます昂じていった。ルイスは自宅で彼女の面倒を見ることができなくなった。ルイスは疲労困憊し健康を損ねていたため、彼女を施設に預けなければならなかった。ルイスは毎日彼女を施設に見舞った。施設への支払いはかなり高額のもので、支払えなくなることが心配されたが、そのことを彼女には絶対に知られないように注意した。彼女は一九五一年冬に英国中を襲ったインフルエンザにかかり、他界した。

ムーア夫人の病と死により、人生がはかないものであるとのルイスの感覚が深まった。痛みと苦しみとは、単に世界の合理性に疑問を投げかけるだけではない。それらは人間が死すべき存在であり、弱いものであることを明らかにする指標であり、人生が永遠に続くものではないことを確認させるものである。

一九五一年にムーア夫人が亡くなった後、ルイスの親しい友人たちのほとんどが、彼が生涯独身を貫くのだろうと思った。ルイスはいかなる女性に対してもロマンティックな感情を持つことを見せたことがなかった。しかし、一九五六年四月二三日（月曜日）に、ルイスはオックスフォード市の戸籍役場でジョイ・デイヴィッドマンとの民事結婚式を挙げた。[17] デイヴィッドマンは離婚歴のある米国人女性で、一九五二年から一九五三年にかけて英国を訪れた際にルイスに会い、親しくなった。しかし彼らが結婚してすぐに悲劇的事態が生じた。一九五六年一〇月にデイヴィッドマンはかかってきた電話に出ようとして転倒した。彼女は入院し、レントゲン撮影の結果、大腿骨骨折が判明した。それだけでなく、左乳房に悪性の腫瘍があることが判明し、他の部分にも転移していることも明らかになった。彼女の余命がいくばくもないことが分かった。彼女は一九六〇年七月一三日にオックスフォード市でルイスに見守られながら、四五年の生涯を閉じた。

ルイスは打ちのめされた。デイヴィッドマンの死は、理性によって処理されないままの感情と疑問との奔流を生じさせた。ルイスはそれらの疑問と感情に立ち向かうために、それら感じたことをノート・ブックに書き留めた。その結果として生まれた著書が、彼の著作のうちで最も苦悩に満ち、読者の心を乱すもの、『悲しみをみつめて』となった。それは一九六一年に匿名（N・H・クラーク）で出版された。『悲しみをみつめて』はルイスが妻の死に面して、自分の赤裸々な思いをそのままに書き付けていた四冊のノート・ブックを編集したものである。『痛みの問題』に明らかなように、それまでルイスは苦しみや死が人に与える問題について、知的な角度からしか考えて来なかった。しかし、それはデイヴィッドマンの死が惹き起こした感情の嵐に対する備えを全くしていなかったようである。

ルイスは『痛みの問題』において論じたこと、例えば、苦しみは「神のメガホンである」というようなことは、あまりに単純すぎて、自分の妻の苦しみや死によってもたらされた問題に対して全く対抗することができないことを知ったようである。ルイスはかつて、人生の問題の表面だけを見ていて、その深部を洞察していなかったことを悟ったようである。

神はどこにおられるのか。……窮状まさにきわまるとき、ほかのどんな助けもむなしいとき、そのとき神に赴くとすれば、いったいどうなるのか。目の前でぴしゃり閉ざされる扉、そして内側では二重三重にかんぬきがおろされる音、その後は、沈黙。[18]

『悲しみをみつめて』はルイスが受けた試練を描く書であって、神を試す書ではない。それはルイスを試す書である。「神はわたしの信仰や愛の内容を探るために試みてきたのではない。神はそんなことなら前からご存知だ。ご存知ないのはわたしのほうだ[19]」。ルイスのノート・ブックは彼の思いを記す。それは首尾一貫したものではないにしろ、あらゆる可能性を探求している。神は暴君であるかもしれない。もともと神など存在しないのかもしれない。しかし、これらはルイスが注意深く分析した結果に得た結論ではない。それらは、完璧に、また正直に考察されるべき問題として挙げられているに過ぎない。結局のところ、ルイスはそれらをすべての疑問を廃棄する。『悲しみをみつめて』は信仰に対する試練と成熟の過程の記録であって、単に信仰が回復されたことの記録ではない。もちろん信仰が失われたことの記録でもない。

なぜか。ここには明らかにルイスの考えの転換点があるように思える。ルイスは、妻に代わって自分が苦しむことを許可されることを願った。「もし彼女ではなく、私だけがそれを負うことができれば、あるいはその最悪の部分を、あるいはそのどの部分であれ、私だけが負うことさえ出来れば[20]」。ルイスはこれが真に愛する者のしるしだと信ずる。それは自分の愛する者が、痛みや苦しみの最悪の部分を免れるために、自分がそれを喜んで引き受けようとする意志である。しかしそれは神が十字架の上でなさったことではなかったのか。キリストは他の人々が苦しみを免れるために、彼らに代わって苦しまれた。[21] 神は苦しみを負うことが可能であった。そして神はその苦しみを実際に負われた。

苦しみの問題を扱うルイスの方法について考える

そこでルイスに質問しよう。『痛みの問題』と『悲しみをみつめて』とにおいて、苦しみについて考察する方法にどのような違いがあるのだろうか。最も明らかな点は論調、議論の調子である。『痛みの問題』は論理的、客観的で冷静である。『悲しみをみつめて』は感情的で、焼けつくような強烈さに燃えている。そしてそれは悲しみの流れを探求した最善の著作であり続ける。

ルイスを批判する人々は、『痛みの問題』においてルイスが用いた方法は、私たちが「実際に経験する」悪と苦しみから逃避しているだけであると考える。そこでは、苦しみや痛みは抽象的な概念にされ、信仰のジグソー・パズルにはめ込まれるだけの知的なものとされている。『悲しみをみつめて』を読むことは、苦しみは単に理論上の軽度の混乱を招く事態ではなく、理性的信仰が個人的現実としての苦しみに直面するとき、それが粉砕されることを悟ることである。

しかし、これら二つの著作で用いられる方法についてどう考えればよいのか。論調には明らかに違いがある。しかし、これら二つの著書の内容はどうか。私にはその点に関して二つの著書の間に大きな違いを見出すことができなかったと告白しなければならない。二つの著書は違うものと感じられるが、私には両書ともほとんど同じ知的結論に落ち着いているように思える。苦しみはキリスト教信仰の「大きな見取り図」に疑問をさしはさむわけではない。私たちが信仰生活の「全体像」を見ることができないこと、従ってジグソー・パズルのすべての片々をそれぞれの場所に綺麗にはめ込むことができないことを思い出させるだけである。ルイスは一九四〇年には苦しみがキリスト者に与える知的不快感に焦点を当て、一九六一年にはそれがキリスト者に与える感情的不快感に焦点を当てた。

ルイスの親友であったオースティン・ファーラーは、若い頃のルイスが信仰と感情とを完全に統合しようとはしなかっただけだと言う。しかし、これら二つのことを統合することは、ルイスが年齢を重ねるにしたがって、重要な問題になってきたように見える。ルイスは比較的晩年に至って、概念と感情、神学と情緒は互いに関係のあることなのだと理解するようになった。[22] ファーラーはこのことを、特別な問題とは見なかった。いずれにせよ、この問題に全く気付かなかった人々がいる。

どちらの著書も、ルイスが出した答えは十字架につけられたキリストに焦点を当てたものである。問題を取り上げる角度は両書において少し違っているが、明らかに共通のテーマがある。十字架につけられたキリストについての瞑想を読むと、どちらの書も神が苦しみを担うためにこの世に降り給うたことが強調されている。苦しみは神の経験の領域外にあること、あるいは神の臨在の外で起こることとはされていない。

私はルイスの護教論について話をするとき、ルイスが用いた方法を分析する。私は多くの聴講者たちから、苦しみについて話すよう求められた。しかし個々の質問者たちは、別々の角度から苦しみの問題を考えていることにも気が付いた。ある人々は痛みや苦しみは知的に不都合な事柄として考えていた。その人々は痛みや苦しみを論理的に納得のいくように説明することを私に求めていた。しかし、他の人々は苦しみを実存的な経験として、実存的な恐怖を与えるものと見ていた。彼らは旧約聖書のヨブのように、神は自分たちのことを真実に心砕いておられることを確認したいと考えていた。

私は自分の着想に基づき、痛みや苦しみについての話をする。しかし、質問者に答えるときの論調は、非常に異なっている。最初の種類の質問者に対しては、彼らの質問の牧会的重要性も念頭に置くが、ルイスの『痛みの問題』に近い論調になる。第二の種類の質問者に対しては、痛みや苦しみが惹き起こす情緒的苦悩について語り、痛みや苦しみを情緒的に受け止めた人物の例としてルイスを挙げ、それを知的な問題として解決した人物の一人として語ることにしている。私の話を聴くほとんどの人々の感想は「そんなことは知らなかった」「私は『悲しみをみつめて』を読まなければならない」というものである。

以上で、今回の昼食会の話し合いは十分であろう。痛み、苦しみ、そしてすべての悪は、簡単に議論できる問題ではない。その理由は、部分的には、それらの事柄が、私たちは何のことについてもどれだけのことを理解できるのかという、不愉快な疑問を投げかけるからである。ルイスは人間が味わう不可解なこと、苦しみについて私たちが考えるために、いくつかの重要かつ有益な指針を与えてくれる。痛みや苦しみの問題はルイスの念頭から去らなかった。デイヴィッドマンの死の直後、ルイスは自分の余命も限られていることを知った。私たちの最後の昼食会においては、希望および天国についてルイス自身がどう考えたか、そしてそれがルイスの人生の最期に味わった苦しみをどう乗り越えさせたかを考えてみることにする。

8　さらに高く、さらに深く

希望と天国についてC・S・ルイスが考えたこと

使徒たち自身は……「天国」のことに心奪われていたがゆえに、「地上」に足跡を残した。

キリスト者が彼岸の世界のことについて考えることをほとんど止めてしまったために、天国のことについて、ほとんど何も言えなくなってしまった。天国を目標とせよ、そうすればあなた方に地上のことが与えられる。地上のことを目標とするとき、あなた方は天国も地上も得ることができない。

C・S・ルイス『キリスト教の精髄』

ルイスとの想像上の昼食会も寒く霧のかかった今日、今回で最後になる。最後の昼食会の話題として、キリスト教的希望以外にふさわしいものがあるだろうか。しかし、キリスト教的希望とは何であろうか。私たちに人生を営み続けさせるのは何であろうか。影の世界を歩み続けることを可能にするのは何なのであろうか。死の陰の谷を、絶望に陥らずに歩み続けるのを助けるのは、何であろうか。答えはこの小さな言葉、「希望」にある。この言葉はルイスにとって、深い意味を持った。そのことを今日の昼食会で確かめよう。

希望の根拠は信頼することのできる神である。ルイス自身もよく知っていたように、神は死の陰の谷を希望に通じる門に変えることがお出来になる。ルイスが深く敬愛した偉大な詩人ジョン・ミルトンは、恐怖に別れを告げることを可能にしてくれるのは希望だと書いた。ルイスは世界を新しい見方で見ることを可能にする「大きな見取り図」を私たちに提供している。では、ルイスはキリスト教的希望について、何を語ってくれるのだろうか。

米国人で私の同僚であった人物がオックスフォード大学を訪れたとき、共にヘディントン・クウォリーにある聖三一教会の墓地に行き、C・S・ルイスの墓に詣でた。私たちはそこから帰って、お茶を飲みながら、少々難解なルイスの墓碑銘名、「人はこの世を去るときを、辛抱して待たねばならぬ」について語り合った。私の友人は、そこに希望の感覚が少しもないことを不思議に思った。この墓碑銘は不可避的な死を受動的に承認しているように思える。それは天国の希望を祝うのではなく、人間が死すべきものであることを諦観しているだけのように思える。ルイスはキリスト者であったのだろうか。なぜ喜びに満ちたキリスト教ではなく、傲岸なストア主義を思わせる陰鬱なモットーを選んだのであろうか。

私たちが知る限り、この墓碑銘を選んだのはルイス自身ではない。従ってこの傲岸な調べについて、ルイスを非難することはできない。この墓碑銘はルイスの兄、ウォーニーが選んだ。彼はルイスが亡くなるまで、ルイスと共にオックスフォード市の家に住んでいた。ウォーニーはルイスの葬儀の一部始終を手配した。それは結果としてあまりよい葬儀ではなかった。墓碑銘もウォーニーが選んだ。それはルイスの母が癌で亡くなった日、一九〇八年八月二三日（ルイスが一〇歳になる直前）のルイス家のカレンダーの「今日のことば」にあったもので、シェイクスピアからとられていた。その冷酷な現実主義は、戦闘的無神論者となった若きルイス、とくに「大戦争」において歩兵として戦っていた頃の彼の人生観を表現するものとなった。彼は自分の周囲で人々が惨殺されるのを見て、神はどこにいるのかと思った。

それでも、ルイスは無神論のうちに止まらず、無神論は彼の発展の一段階となった。ルイスは徐々に無神論から離れキリスト教に接近していったが、それは無神論が真の知的内容を持つものではないこと、またその想像力も貧しいものであることをルイスが理解するようになったからである。ルイスの念頭からは、人生には彼の単純な無神論が説く以上の何ものかがなければならないという、深い直観が去らなかった。何よりも、彼は周囲の現実を観ていて、成就されないどころか、ますます強くなる憧れ、深く捕えどころのない憧れがあり、それの意味することを考え続けていることに、自ら気付いた。

ルイスがこの憧れの経験を「喜び」と呼んだことはよく知られている。それは人間の知識や経験の域外にあるものだと彼は結論した。「もしわたしが自己の内部に、この世のいかなる経験も満たしえない欲求があるのを自覚しているとするなら、それを最もよく説明してくれるのは、わたしはもう一つの世界のために造られたのだという考え方である」[1]。私たちを超える超越的領域（キリスト者が「天国」と呼ぶ世界）は、彼が自分のうちに経験すること、自分の周囲に見ることに意味を与えた。

一九三〇年にルイスが「再改宗」したのち、天国とは単にこの世における人生に付きまとう謎や難問を解決する手段の一つではないことを、徐々に理解し始めた。それはルイスに希望をもたらすものになった。キリスト教的希望とは「一種の現実逃避や希望的観測」の一つではなく、むしろ「永遠の世界をたえず待ち望むこと」であると断言する。(2)希望とは精神の確定した状態であり、私たちは希望に基づいて現世を真の光のもとに見ることができる。そして天国にある私たちの真の故郷に戻ることを喜びにあふれて期待する。このテーマはルイスの晩年にとくに重要なものとなった。ルイスはカルタゴ司教、キプリアーヌスの有名な言葉、パラダイスは「私たちの生まれ故郷である(3)」に共鳴し、キプリアーヌスの希望、自分の本当の故郷に帰るという思いを共有したであろう。ルイスはそれを私たちも共有することを願っている。

そこで、キリスト教的希望に関するルイスの理解が、彼の晩年の生活を背景として、どのようにして展開したのかを、彼の人生の終盤についての物語を聴いて理解することにしよう。

ルイスの最晩年

親しい友人や身内の者の死は単に悲しいこと、心を乱されることであるだけではない。それは私たち自身が死すべきものであることを思い起こさせる。それは英国の詩人、ジョン・ダンが「瞑想第一七」で見事に指摘した通りである。ダンは弔鐘の響くことを想像せよと言う。一七世紀の英国人は日常的に弔鐘を聞いていた。陰にこもった鐘の音は、村人の誰かが死んだことを告げた。村人たちは当然耳をそばだててそれを聞き、誰が死んだのかと考えた。ダンの主張は非常に単純かつ鋭いものであった。「今静かに鳴っている鐘は誰か別人の死を告げているが、それは私にむかって、お前も死ななければならぬと告げている」。

人は誰も自分独りで完結した孤島ではない。……誰の死であっても、私を小さくする。それは私が人類の一員だからである。だから、誰のために弔鐘が鳴っているのかと問うてはならない。弔鐘はお前のために鳴っているのだ。(4)

ルイスの母は一九〇八年に長患いの後に亡くなった。それにより、ルイスの少年時代にあった安心感が粉砕されたことを、先の昼食会で知った。その時、ルイスはまだ一〇歳にもなっていなかった。一九二九年に彼の父が亡くなったとき、神とは何かについて考え直させられたかもしれない。父が死んだ頃にルイスが書いたものには、神について何らかの関心を持っていたという徴候は見られないが、父の死の翌年、神の問題が頻繁に取り上げられるようになる。

後にルイスはチャールズ・ウィリアムズとの間に親密な友情を形成し始めた。ウィリアムズは第二次世界大戦中にインクリングズの主要なメンバーとなった。ウィリアムズは一九四五年に突然亡くなった。誰もそれを予想していなかった。ルイスは心に深く傷を受けた。しかし、ルイスの心に最も深い傷を与えたのはルイスの妻、ジョイ・デイヴィッドマンが一九六〇年に癌で亡くなったことであった。前回の昼食会で知ったように、妻の死によりルイスは情緒的絶望感の波に襲われ、ルイスは深い疑問のうちに沈められた。

これら、ルイスが直面した肉親や親しい友人の死は、それぞれ異なってはいたが、ルイスに自らの死について考えさせた。ルイスが『悲しみをみつめて』を書いたとき、彼自身の健康も悪化しており、彼を死に至らせる病の症状が露わになっていた。ルイスは一九六一年六月に幼年時代からの友、アーサー・グリーヴズに手紙を書き、アーサーがその夏に訪ねて来てくれたことを感謝した。しかし、その時には暗い雲が行く手に現れていた。ルイスはアーサーに、自分は近く入院し、肥大した前立腺の手術を受けることになっていると書いている。(5) アーサーはこの知らせに接して、とくに驚いた様子はない。アーサーはルイスを訪ねたときに、ルイスが「重篤の病にかかっているようだ」と思った。明らかに、何か非常に悪いことがルイスに起こっていた。

ルイスを診察した医師たちは、治療の施しようがなくなっていることにすぐに気付いた。手術を行うことのできる状態ではなかった。彼の腎臓と心臓も弱っていた。ルイスの健康を改善することは無理で、介護し緩和ケアを施すことしかできなかった。ルイスは死に瀕しており、死は時間の問題であった。

一九六一年の夏の終わりには、ルイスの体調が非常に悪くなり、講義を行うためにケンブリッジ大学に戻ることができなくなった。ルイスは自分の死が近いことを悟り、一一月に遺書を書いた。医師たちは翌年の春まで何とか彼の体調を安定させ、一九六三年六月までケンブリッジ大学での講義を続けることができるようにした。ルイスはそれに力づけられ、アイルランドに行き、アーサー・グリーヴズに会う計画を立てた。その計画は実行されなかった。

ウォルター・フーパーはその頃ルイスと知り合った。フーパーは一九六三年七月一四日の日曜日、ルイスを教会に連れて行くため、ルイスの家、「窯（The Kilns）」に行った。その時、ルイスの病状が非常に悪化していた。彼は衰弱し、紅茶茶碗を持つこともほとんどできない状態で、意識錯乱が始まっていた。翌日ルイスはオックスフォード・クリニックに連れて行かれたが、クリニックに到着するやいなや、心臓発作に襲われ、昏睡状態に陥った。死が近いと診断された。

彼は退院できるまで回復した。しかしルイスは自分の体力が急速に落ちていることで、死が避けられないことを悟り、憂鬱な思いでケンブリッジ大学に辞表を提出し、残された時間を、自宅「窯（The Kilns）」で過ごすことにした。ルイスは後に、オックスフォード・クリニック入院中、昏睡状態のまま死んでいればよかったと友人たちに語った。ある友人に手紙を書き、昏睡状態は「非常に穏やかな」経験であったと書いている。「天国の門にあれほど簡単に到着したのに、入れて貰えなかった」のは残念だと思ったと言う。(6) ラザロのように、再び同じ経験を繰り返さなければならなかった。そして次の時は、あれほど愉快で易しいものではないのだろうと言う。

ルイスは一九六三年一一月二二日に自宅「窯（The Kilns）」で息を引き取った。死の前兆はなかった。ウォーニーは、ルイスが昼食の後、少し疲れているようだと思い、ベッドで横になったらどうかと勧めた。その日の午後四時に、ウォーニーは紅茶を持って行ったが、その時ルイスは「ウトウトしており、苦しんではいないようだった」。その直後、ルイスの寝室から大きな音が聞こえた。ウォーニーは急いで駆けつけた。ルイスは意識を失いベッド脇の床に倒れていた。彼の死亡診断書には、死因として、腎不全、前立腺肥大による尿道閉塞、心不全などいくつかのことが書きこまれたであろう。彼の死の数時間後に、テキサス州ダラスでジョン・F・ケネディ大統領が暗殺されていたことを世界は知った。

ウォーニーは弟の死に打ちのめされ、大量のウィスキーを飲んで悲しみから逃れようとした。ウォーニーは一一月二六日、終日酔いつぶれて寝ていた。その日の朝、凍るような寒さの中、ルイスの少数の友人たちが、ヘディントン・クウォリーにある聖三一教会の墓地にルイスを葬った。

一九六三年の夏、ルイスは多くの手紙を書いており、自分の死が近いと思われると告げていた。それらの手紙には希望というテーマが大きく扱われている。先に見たように、ウォーニーが弟の墓石に刻み込んだ言葉は、やや陰鬱なもの、「人はこの世を去るときを、辛抱して待たねばならぬ」であった。しかし、ルイスが死の数か月前に米国のある友人に書いた手紙には、死に直面しながらも、兄が選んだ墓碑銘のように深刻かつ険悪な調子ではなく、彼の生きる姿勢や希望を言い表していた。それによれば、私たちは、

良き土地に蒔かれた種のようなもの、「庭師」が定め給うた良き時に、真実の世界で芽を出し、真実の世界で目覚めて花を咲かせようとして待っている者。この世における私たちの人生のすべては、その世界から振り返るとき、半分眠ったような魯鈍なものとしか見えないだろう。私たちは今、この夢幻の世界に生きている。しかし、鶏が暁を告げる時が近づいている。(7)

そこで、天国の希望に関するルイスの考えがどんなものであったかを調べてみよう。それは私たちの想像上の昼食会の最後を飾るにふさわしいテーマである。今回の昼食会が最後になるのであるから、私たちはこれまでよりも少し批判的になる。私たちは天国に関するルイスの観念について、問題があ

ることを指摘し、それに対してルイスがどう答えるかを見ることにする。

天国についてのルイスの理解——いくつかの問題点

まず私たちはルイスの自叙伝、『喜びのおとずれ』にある言葉に注目しよう。「天国が存在すると言うこと自体が、私たちのうちの誰かがそこに入ることができることよりも重要である」[8]。ルイスの読者の多くがこの考え方に困惑を覚える。とくに、ルイスがこの主張を今でも「最も強く」信じているとコメントすることについて、違和感を覚える。ルイスはなぜ天国の存在自体が、天国に行く希望よりも重要だと考えたのであろうか。彼が何を言いたいのかを詳しく説明してもらおう。そして、彼が言うことを私たちが理解できるかどうかを考えてみよう。

ルイスはこの考え方を、彼が「新しい見方」を模索していた頃、一九二〇年代に知的問題を整理しようと努力していた頃に打ち出した[9]。ルイスは人生にとって超越的次元が持つ重要性を強調する哲学的理想主義、あるいは超越的規範を強調する理想主義に関心を寄せるようになっていた。それは彼の「道徳に基づく神の存在証明」の核となるテーマの一つであった。正義の基礎として何らかの超越的なものがないと（もちろん私たちはそれをキリスト教の神論に見出すのであるが）、私たちが持つ正義観は単に人間が考え出したもの、権力と影響力を持つ人々の見解に過ぎないものとなる。

私たちの中のほとんどの者は、この点についてルイスに同意する。事実、それは非常に強力な護教的主張であって、苛立つ無神論者によって否定されるが、論駁されてはいない主張である。そうであっても、私たちは完全に納得できない。私たちは超越的存在あるいは超越的場所の重要性についてはルイスに同意できる。しかし、天国に関するキリスト教の考え方は、単に天国が存在することを受けいれればよいというものではない。

ここには深刻な問題がある。多くの学者たちが、ルイスの初期の天国理解は、キリスト教的であると同時にプラトン的であると考える。[10] 例えば、『さいごの戦い』の終わりの方で、ルイスはディゴリー卿に「これはすべて、プラトンのいうところだ。あのギリシアのすぐれた哲学者プラトンの本に、すっかり出ているよ。やれやれ、いまの学校では、いったい何を教えているのかな？」と言わせている。[11] ディゴリー卿が言おうとしていることは、「古いナルニア」は歴史的に始まりと終わりがあり、それは実は「まことのナルニアの影に過ぎない国、まぼろしの国、引き写しの国にすぎず、まことのナルニアは常に存在したのであり、これからも変わることなくここに存在し続ける」[12] のだということである。ルイスの書いたものの多くの中心的テーマは、私たちはより偉大でより素晴らしい世界の「明るい影」のなかに生きているということである。現在の世界は本当の世界の「引き写し」あるいは「影」である。古いナルニア国は「新しいナルニア国」の影または引き写しである。それは英国にしても、私たちの世界がすべて天国に存在する何かの影かまぼろし、あるいは引き写しであるのと同じである。

ルイスは天国の概念を、私たちの思想と経験の世界に首尾一貫性を与えて意味あるものにする装置のようなものと考えたようである。ルイスは一九四〇年代、一九五〇年代のほとんどの期間、キリスト教信仰が現実を意味あるものにする能力を持つことに大きな喜びを感じていた。キリスト教は世界に首尾一貫性を与える。キリスト教は、個々のスナップ写真が世界のどの場面を撮影したものであるかを分からせる「大きな見取り図」があることを理解させてくれる。そして、ナルニア国歴史物語で明らかにしたように、キリスト教は「大きな物語」を語り、私たち自身が持つ物語を新たに理解し直すことを可能にする。

プラトンの考え方をもう少し詳しく見てみよう。先に私たちはルイスに強く訴えた比喩、洞窟に生きる人間たちの比喩（九〇―九四頁参照）について考えた。暗い世界、地底の曇った世界に住む気の毒な住民たちはそれが唯一の世界だと思っている。彼らが考える限りでは、その世界以外の別の世界はない。しかし、洞窟を超える世界があるとしたらどうなるのか。そのような世界があるとしたら、洞窟に住む人々（私たち）の見方は大きく変えるだろう。私たちは、影か煙のような、非常に狭い世界に住んでいることを知るだろう。

ルイスが神のイメージとして、世界を明るく照らす「太陽」を用いるのはそのためである。あるいは天国を現在の人間の経験の限界を超えるところにある領域でありながら、私たちの最も深い直観や経験が私たちの目を向けさせる領域として描くのもそのためである。これらの真の世界が私たちの暗い世界に突入してきて、その真理により私たちの心を明るくすることがある。第二次世界大戦中の灯火管制が敷かれた街角において、カーテンの隙間からランプの光が漏れ出るように（一六九―一七〇頁参照）。真の世界を垣間見ることは、遠い山の向うから聞こえてくるかすかな楽の音を聴くようなものである。あるいは遠くで咲いている花の香りがそよ風に乗ってただよってくるのを嗅ぐようなものである。ルイスはそのような経験を「喜びの矢」のようなもの、真の世界の深い幻を発見し、経験するように促す目覚ましであると見るようになった。しかし、このイメージは新約聖書の天国理解とは異なる。新約聖書では、天国とは世の終わりに現世が根本的に変革されたものと教える。

新約聖書は二つの互いに関連しあう観念を展開する。第一に、キリスト教信仰はあるがままの世界を見ることを可能にしてくれる。これは啓示についてのことで、世界を正しく見るようになることである。しかし啓示だけでは私たちの情況を変えない。キリスト教は私たちが罪人であることを告げるだけでなく、罪の赦しを説く。キリスト教は私たちが牢獄につながれていることを告げるだけでなく、牢獄の扉を開放し、私たちが自由になれるようにしてくれる。それこそ新約聖書が救いと呼ぶものであり、新約聖書の第二のテーマである。医学用語を借りれば、福音は診断（啓示）と治療（救い）を提供する。新約聖書は私たちが置かれたありのままの状況を知らしめてくれるだけでなく、私たちの置かれた状況を変革することができることも教え、それにより、変革を可能にしてくれる。

ルイスは著作のあちこちでキリスト教が知的変革の手段であるかのように考える傾向にあることを示している。キリスト教は世界をあるがままに見ることを可能にしてくれる。確かにそれはキリスト教信仰の重要な部分である。私たちは、ルイスのようなオックスフォード大学の学者が、キリスト教信仰により豊かな知的世界を広げることになるのを大歓迎することは理解しやすい。しかし、福音にはそれよりももっと大きなことがある。

では、ルイスはこれらの問題提起にどうこたえるであろうか。そのことを確かめてみよう。

ルイスの天国理解の豊かさ

ルイスは私たちが抱いている疑問、今述べたような懸念が正当なものであることを認めるであろう。しかし、ルイスは自分の天国理解が、私たちの議論がほのめかす以上に豊かなものであることを理解するよう求めるであろう。彼はそのことを別の著書『奇跡論』において明確にする。『奇跡論』は彼の著作の中でもとくに綿密に考え抜かれたものである。その書において、彼が何を主張しているのかを調べてみよう。

私たちはまず初めに、天国とは永遠に繰り返される繰り言に過ぎないという馬鹿げた観念を捨てなければならないという。私たちが天国と言うとき、それには主として三つの意味で使われるとルイスは言う。天国というコトバの第一の意味は、「すべての世界を超えたところにある『無制約の神的生命』」である。[13] そこでは、天国とは「究極の現実」あるいは「現実そのもの」のようなもののことであるとされる。この天国理解は、ルイスが「天国が存在することは、私たちの誰かがそこに入ることができることよりも重要である」と宣言するときに念頭においているものである。そこでは究極的な現実が存在するとされる。私たちが天国に入れるかどうかという問題は二次的な問題とされる。もしこの究極的世界が存在しないとすれば、そこに入れるかどうかを考えることは無意味である。

ルイスはしかし、ここで私たちに注意を喚起する。私たちは当然、天国とは「場所」であると考える。それはどこかにある場所であるとされる。ルイスによれば、天国とはそのような場所であると考えるのは自然なことではあるにしても、それは実際の天国のことではないという。天国とは空間的な場所、時間的な場所ではない。天国とは神が在す「ところ」であるということすら、天国とは空間にある場所であると私たちが考えざるを得ないことを示している。しかし、天国は場所ではない。それは究極的世界であって、私たちはそれを言語によって正確に受け止めることのできない世界である。私たちは天国を考える時に、私たちがこの世について知っていることを比喩として用いて想像するほかはない。そのために、私たちは天国を場所として考える。それは私たちに非常に馴染み深い比喩だからである。

天国についての第二の意味は、私たちが神の前にいるという理解、神の臨在のもとにあるという理解である。この場合、天国とは私たちの「真の故郷」であると考えられる。ただし、それは実際には全く「故郷」ではないのだとされる。天国とは神と共にいることであって、それはとくにどこか具体的な場所にいることではないとされる。ここでも、ルイスは私たちがいかに天国を可視化し、天国とは「場所」であると考えようとする傾向の奴隷になっているかを強調する。

最後に、ルイスは天国の第三の意味として、復活した後、私たちの新しい身体が生きる場所であるとする。ここでも、天国について語る時に、空間に関する用語を用いるのを避けることができないとルイスは言う。私たちは天国を神の在すところと考え、いずれの日か、私たちも住むことになる場所であると考える。しかし、ルイスは多くの箇所で、時間空間によって特徴付けられるのは創造された秩序のみであることに注意を喚起する。天国にいることは、空間と時間に限定された世界の外に出て、永遠のうちに歩み入ることである。それは無時間的な場であるが、場所のイメージを用いないと、ほとんど考えることができない場所である。

さて、ルイスが観る天国の豊かな幻を説明したので、その三つの構成部分がどう連携しあうのか分かりやすくなった。しかし、ルイスは一九四〇年代には、より深い天国の幻を懐くようになっていた。彼は地上で私たちが経験すること、私たちが見ることに意味を与えるものが天国であることを忘れはしなかったが、天国に行き天国の喜びを経験することが、ますます重要になっていった。ナルニア国歴史物語の最終巻である『さいごの戦い』には、その点を見事に捉える箇所がいくつかある。一角獣は「新しいナルニア国」を見て、「ああ、わたしはとうとうもどってきた！　ここここそ、わたしのまことのふるさとだ！　わたしは、もともとここのものだった。ここをわたしは、いままで知らずに、一生さがし求めていたのだ」と宣言する。[14] ルイスにとって、キリスト教的希望は、私たちの真の故郷に帰ることである。

このことは、ルイスが死を喜ぶことを意味するのだろうか。彼は、この世に価値を認めず、世を否定する作家なのであろうか。否。ルイスにとって、この世は私たちがおかれた場所である。それは神の世界であり、価値を認め、理解して感謝し、楽しむべきところである。しかし、それが私たちの真の故郷ではないことを示す手がかりも点在しており、この世の先にはよりよい世界があることが明らかにされている。誰でも、そのよい場所に行き、そこに住まうという大胆な希望を持つことが許されている。ルイスは人生の楽しみ、喜び、意味深さを確認する。彼は私たちが最期を迎えるときに、この世よりもよい世界が私たちを待っていることを知るよう求める。

キリスト教的希望に関するルイスの考えが、最もよく表明されたのは、一九四一年に行った説教

「栄光の重み」である。ルイスは私たちの想像力が虚構の物語の虜になっていると言う。先の昼食会で知ったように、彼は今の世代が超越的領域あるいは来るべき世界の観念が単なる妄想であると考えるようになったこと、現代の教育を受けた人々はそれを真剣に受け取らなくなっていることを非常に憂えている。つい最近まで、天国はそういうものであると考えられていた。しかし今は、私たちは、人間の真の運命は「この地上で見いだされ[15]」、他の所には見いだされないことを知っている（あるいはそう教えられている）。

私たちはこのゆがめられた人生観、矮小化された人生観に対して抗議をすべきだと、ルイスは主張する。それにより人々がこの人生観の誘惑に負けないよう助けるべきだと言う。この卑俗で貧弱な信条はあたかも事実であるかのように提供されているが、キリスト教会は、この信条から世界を解放するために、その呪縛を破らなければならない。俗世間は人々に希望とは裏腹な目的しか提供しない。ルイスはそれに代わってキリスト教信仰が提供する限りない希望を人々が理解し、その希望の光のうちに生きるようにと願う。

『キリスト教の精髄』でルイスが言うように、「天国を目指す」ということは、この世を無視したり、地上の雑事を無視したりすることではない。そうではなく、天国を目指すとは私たちの目を高く上げ、私たちの期待を高めること、その上で、このより大きな現実の光のもとで、地上に生きることである。私たちは天国の香りをこの世にもたらさなければならない。真の信仰者は、天国に焦点を合わせるためにこの世と絶縁する人間ではなく、この世を天国により近いものにするために努力する人間である。ルイスが言うことは全く正しい。キリスト教の天国像は、多くの人々を世界改善のために駆り立てた。

「現世のために最も多く働いたクリスチャンたちは、来世について最も多く思いをいたした人たちであった」[16]。

ルイスは人々の喜びに冷水を浴びせるような人間、「濡れた毛布」のような人間ではない。彼は私たちが人生において欲望を殺すことを求めるようなことはしないし、それらの欲望が悪であるとか、人生の本務から気を逸らすものであるとか言わない。彼が言いたいことは、私たちの欲望が、地上の快楽によってのみ満足させられることになっているのでは絶対にないということである。欲望は「よいイメージ」であるか、「さらに高く、さらに深く」ある何ものかを指し示す道標である。欲望は、いずれ私たちが神の御前で発見することになる喜びの真の源を前触れするものである。ルイスにとって天国とは「もう一つの世界」であり、私たちはそもそもその世界のために創造されている。私たちは、その世界を「人生の主たる目的とし、その世界に向って突き進むべきであり、他の人々もそうすることができるように助けなければならない」[17]。

では、私たちが思い違いをするとどうなるのか。もし私たちが真に評価するもの、深く愛するものが「引き写し、あるいは模倣、あるいは迷妄」に過ぎないことを理解できないとき、「現実そのもの」と、現実の世界が見せる姿とを混同するとき、何が起こるのか。ルイスの答えは明快で、何の疑問も残さない。そのとき、私たちは不快感に満たされ、冷笑主義者になる。私たちはしるしと、しるしが指し示すものとを混同し、よき道標を偶像（信頼できないもの）に変えてしまう。そして快楽が腐敗するとき、それは悪徳になってしまう。

ルイスとの想像上の昼食会は今回で最後となる。ルイスは別れの言葉として、何を残してくれるだろうか。彼が言い残しておきたいことはたくさんあるだろう。彼は、私たちがかつて経験したことのうちで、最も楽しかったものを思い出しなさいと言い、天国とはまさにそのようなものであるが、実際にはそれよりもはるかに大きく、はるかによいものなのだと言うであろう。しかし私は、『さいごの戦い』の結末の部分にある言葉を残したいのではないかと思う。ルイスの前に活躍した多くのキリスト教作家たちと同じように、キリスト教信仰が掲げる天国の希望は、私たちの生きる現実の世界を正しい角度から見ることを可能にするものだと、ルイスは断言するであろう。現在の人生は現在の世界より大きな現実への準備段階である。今ある人生は「偉大な物語」の表紙の写真および扉に大書される物語であって、その物語では章が進むごとに「各章はいずれも、前の章よりはるかにみのり多い、りっぱなものになる[18]」。

ルイスにとって、私たちの全員がその「偉大なる物語」の一部である。私たち自身の物語は、より偉大な神の物語に組み入れられる時、そして、私たち一人ひとりが「神的な至福の本当の一部である[19]」ことを知る時、私たちに新しい意味と価値を与えられる。ルイスが私たちに残したい言葉は次のようになるであろう。「偉大な物語におけるあなたがたの役割は何ですか。そして、あなたはその役割を完全に果たしていますか」。ルイスはこれらの言葉を最後に、私たちから去っていく。彼は帽子をかぶり、外套を着て、オックスフォード市の自宅に帰るために、霧の中に消えていく。

ルイスが私たちの視界から消えていくときに、私たちはルイス自身がその「偉大な物語」においてどのような位置を見出したのかを考察するのがよいであろう。一九二〇年代の初め、ルイスは自分が無神論詩人として、つまり、人間のことを何も考えない神、不在の神を苦々しく、激しく断罪する詩を書き、世界から宗教的信条を払拭しようとする詩人として記憶されることを望んでいた。今日、ルイスはキリスト教の最大の護教家の一人として知られる。彼は偉大な物語に属する者となり、私たちがその物語に属する者となることを励ます者となった。

ルイスの遺産

二〇一三年に私はルイス伝を出版した。私は多くの読者から手紙や伝言をもらうようになった。伝記の出版を喜ぶ人々がいた。中には貴重な訂正を教示して下さった人々もいた。中には自分が持ったルイス経験を知らせてくれた人もある。しかし、大多数の人々はルイスを初めて知り、衝撃を与えられたと書いてきた。これらの人々はルイスがいかに彼らを変革し、人生を豊かにしてくれたかを伝えてきた。ルイス自身は、死後にも、彼の伝記を読む多くの人々に重要な影響を与える存在であることを知らなかったであろう。

そこで、数回にわたった昼食会を終えるにあたって、ルイスの真価は、彼が単に私たちに信仰について考えることを助けてくれるだけの人物なのではないことについて理解を深めたい。彼は、私たちが隣人を変革するために何ができるか、自省するよう促す責任を与えられている。私たちはどのような者として記憶されたいのか、私たちの影響を受けて人生を変えられた人々を残したいのかを、私たちが考えるよう促している。その時、私たちはルイスの遺産の真価を完全に理解するようになるだろう。しかし、私たち自身はどのような遺産を遺すのだろうか。誰が私たちを覚えているだろうか。彼らは何のゆえに私たちを記憶に留めるのだろうか。

私はルイスの伝記を書くための下調べをしていたとき、一九一〇年代から一九二〇年代にかけてのルイスおよび彼の友人たちの多くの写真を見た。ルイスが少数の人々と共に写っているもの、多数の人々の中にいるルイスの写真などがあった。それらの写真に写っているルイス自身は簡単に見つかった。また彼の人生において重要な役割を果たした何人かの人物（彼の父、兄、幼友達のアーサー・グリーヴズなど）を確認することもできた。しかし、写真に写っている人々が誰なのか、まったく分からないことも多くあった。私の下調べを手伝ってくれた人々、ルイス家の歴史に詳しい人々でさえも知らない人物が多くいた。写真にはあまりにも多くの人々について「氏名不詳」と書き込まねばならなかった。それらの人々が何者であったにせよ、私たちは彼らの名を知らない。恐らくこれからも彼らの名を知ることはないであろう。

それにもかかわらず、写真からすればそれらの人々はルイス家の家族や友人仲間として、重要な人々であったのだろう。かつて彼らはルイスにとって重要な人々であったはずである。彼らのことは、今日忘れられ、印画紙に痕跡を残すだけの無名の人物となっている。彼らの人物像と氏名とは、あたかも紙にインクで書かれた文字が、コップからこぼれた水によって洗い流されるように、歴史からいともたやすく薄れ去ってしまった。記憶はもろいものである。私たちは簡単に忘れ去られる。ルイスは歴史に足跡を残すことのできた少数の人々の一人である。彼は歴史に残した足跡のゆえに記憶される。

それでも、最も重要なことは、私たち一人ひとりが、人々に記憶されているかいないかにかかわらず、神によって記憶されていることであることをルイスは証ししている。そして、それこそが本当に重要なことである。人間の歴史は、これまで多くの人々を忘却したように、私たちのことも忘れるであろう。しかし、私たちの名は神の手により、「命の書」に刻みこまれる。これこそが、ルイスとの一連の昼食会の最後を飾るにふさわしいことば、私たちを力づけることばであろう。

謝辞

本書の著者と出版社は、著作権が設定されている以下の書物から短く引用することの許可を与えられたことを、深く感謝する。

Collected Letters by C. S. Lewis, ©C. S. Lewis Pte. Ltd 2004, 2006.

Surprised by Joy, by C. S. Lewis, ©C. S. Lewis Pte. Ltd, 1955.

Essays by C. S. Lewis, ©C. S. Lewis Pte. Ltd 2000.

Mere Christianity by C. S. Lewis, ©C. S. Lewis Pte. Ltd 1942, 1943, 1944, 1952.

The Lion, the Witch and the Wardrobe by C. S. Lewis, ©C. S. Lewis Pte. Ltd 1950.

The Silver Chair by C. S. Lewis ©C. S. Lewis Pte. Ltd 1953.

The Last Battle by C. S. Lewis ©C. S. Lewis Pte. Ltd 1956.

The Magician's Nephew by C. S. Lewis ©C. S. Lewis Pte. Ltd 1955.

The Pilgrim's Regress by C. S. Lewis ©C. S. Lewis Pte. Ltd 1933.

The Problem of Pain by C. S. Lewis ©C. S. Lewis Pte. Ltd 1940.

A Grief Observed by C. S. Lewis ©C. S. Lewis Pte. Ltd 1961.

補論１　C・S・ルイスに関する参考文献

ルイスの伝記として、最良のものは次の通り

Jacobs, Alan, *The Narnian: the Life and Imagination of C. S. Lewis*, New York: HarperCollins, 2005.
McGrath, Alister E., *C. S. Lewis—A life: Eccentric Genius, Reluctant Prophet*. Carol Stream, Il: Tyndale House, 2013〔『憧れと歓びの人　C・S・ルイスの生涯』佐柳文男訳、教文館、二〇一五年〕.
Sayer, George, *Jack: A Life of C. S. Lewis*. Wheaton, IL: Crossway 2005.

本書を読むにあたって参考になるルイス研究書は次の通り

Aeschliman, Michael D., *The Restitution of Man: C. S. Lewis and the Case against Scientism*. Grand Rapids, MI: Eerdmans, 1998.
Carnell, Corbin Scott, *Bright Shadow of Reality: Spiritual Longing in C. S. Lewis*. Grand Rapids, MI: Eerdmans, 1999.
Carpenter, Humphrey, *The Inklings: C. S. Lewis, J. R. R. Tolkien, Charles Williams, and Their Friends*. London: Allen & Unwin, 1981〔ハンフリー・カーペンター『インクリングズ――ルイス、トールキン、ウィリアムズとその友人たち』中野善夫・市田泉訳、河出書房新社、二〇一一年〕.
Downing, David C., *Into the Wardrobe: C. S. Lewis and the Narnia Chronicles*. San Francisco: Jossey-Bass, 2005.
Duriez, Colin, *Tolkien and C. S. Lewis: The Gift of Friendship*. Mahwah, NJ: HiddenSpring, 2003〔コーリン・ドゥーリエ『トールキンとC・S・ルイス友情物語――ファンタジー誕生の奇跡』成瀬俊一訳、二〇一一年〕.

Glyer, Diana, *The Company They Keep: C. S. Lewis and J. R. R. Tolkien as Writers in Community.* Kent, OH: Kent State University Press, 2007.

Heck, Joel D., *Irrigating Deserts: C. S. Lewis on Education*, St. Louis, MO: Concordia, 2005.

Hooper, Walter, *C. S. Lewis: The Companion and Guide.* London: HarperCollins, 2005〔ウォルター・フーパー『C・S・ルイス文学案内事典』山形和美監訳、彩流社、一九九八年〕.

MacSwain, Robert and Michael Ward, eds. *The Cambridge Companion to C. S. Lewis*, Cambridge University Press, 2010.

Markos, Louis, *On the Shoulders of Hobbit: The Road to Virtue with Tolkien and Lewis.* Chicago: Moody, 2013.

McGrath, Alister E., *The Intellectual World of C. S. Lewis.* Oxford and Malden, MA: Wiley-Blackwell, 2013.

Meilander, Gilbert, *The Taste for the Other: The Social and Ethical Thought or C. S. Lewis.* Grand Rapids, MI: Eerdmans, 1998.

Nicholi, Armand M. *The Question of God: C. S. Lewis and Sigmund Freud Debate about God, Love, Sex, and the Meaning of Life.* New York: Free Press, 2002.

Ward, Michael, *Planet Narnia: The Seven Heavens in the Imagination of C. S. Lewis.* New York: Oxford University Press, 2008.

Williams, Rowan D. *The Lion's World: A Journey into the Heart of Narnia.* New York: Oxford University Press, 2013.

本書において言及されたルイスの著作の版について

The Abolition of Man. New York: HarperCollins, 2001.

The Allegory of Love. London: Oxford University Press, 1935〔『愛とアレゴリー——ヨーロッパ中世文学の伝統』玉泉八州男訳、筑摩書房、一九七二年〕.

The Chronicles of Narnia. 7 vols. London: HarperCollins, 2002〔『ナルニア国物語』全七巻、岩波少年文庫〕.

The Collected Letters of C. S. Lewis. Edited by Walter Hooper, 3 vols. San Francisco: HarperOne, 2004–2006.

The Discarded Image. Cambridge: Cambridge University Press, 1994〔『廃棄された宇宙像――中世・ルネッサンスへのプロレゴーメナ』山形和美監訳、小野功生・永田康昭訳、八坂書房、二〇〇三年〕.

An Experiment in Criticism. Cambridge: Cambridge University Press, 1992〔『新しい文芸批評の方法』山形和美訳、評論社、一九六八年、『批評における一つの実験』「C・S・ルイス宗教著作集4」山形和美責任編集・監修、山形和美訳、すぐ書房、一九九七年〕.

The Four Loves. London: HarperCollins, 2002〔『四つの愛』〕「C・S・ルイス宗教著作集2」佐柳文男訳、新教出版社、二〇一一年〕.

A Grief Observed. New York: HarperCollins, 1994 [Originally published under the pseudonym N. W. Clerk]〔『悲しみをみつめて』「C・S・ルイス宗教著作集6」西村徹訳、新教出版社、一九七六年〕.

Mere Christianity. London: HarperCollins, 2002〔『キリスト教の精髄』「C・S・ルイス宗教著作集4」柳生直行訳、新教出版社、一九七七年〕.

Miracles. London: HarperCollins, 2002〔『奇跡論』「C・S・ルイス宗教著作集2」山形和美責任編集・監修、柳生直行・山形和美訳、すぐ書房、一九九六年〕.

The Problem of Pain. London: HarperCollins, 2002〔『痛みの問題』「C・S・ルイス宗教著作集3」中村妙子訳、新教出版社、一九七六年〕.

Surprised by Joy. London: HarperCollins, 2002〔『喜びのおとずれ』早乙女忠・中村邦生訳、ちくま文庫、二〇〇五年〕.

1　「壮大なパノラマ――人生の意味についてC・S・ルイスが考えたこと」に関連する文献

ルイスはキリスト教が世界の意味を明らかにする力を持つことを、彼の著作のあちこちで論じている。手始めに読むものとして最もよいものは『キリスト教の精髄』である。とくに第一部第一章―第四章、第三部第一〇章である。

ルイスのエッセイ「神学は詩か?」は熟読する価値がある。"Is Theology Poetry?" in *Essay Collection and Other Short Pieces*, Lesly Walmsley, ed. London: HarperCollins, 2000, pp. 10–21〔『栄光の重み』に収録〕.

ルイスがキリスト教をどのようにして発見したかについては、次の二書を参照。

Downing, David C. *The Most Reluctant Convert: C. S. Lewis's Journey to Faith*. Downers Grove, IL: InterVarsity Press, 2002.

McGrath, Alister E. *C. S. Lewis—A Life: Eccentric Genius, Reluctant Prophet*. Carol Stream, IL: Tyndale House〔『憧れと歓びの人　C・S・ルイスの生涯』佐柳文男訳、教文館、二〇一五年〕.

2　「信頼すべき旧友たち――友愛についてC・S・ルイスが考えたこと」に関連する文献

友愛に関するルイスのもっともまとまった論述は *Four Loves*〔『四つの愛』〕の第四章にある。

インクリングズに関する最良の研究書は次の書を参照。

Carpenter, Humphrey, *The Inklings: C. S. Lewis, J. R. R. Tolkien, Charles Williams, and Their Friends*. London: Allen & Unwin, 1978.

インクリングズがどのように機能したかについては、次の書を参照。

Glyer, Diana. *The Company They Keep: C. S. Lewis and J. R. R. Tolkien as Writers in Community.* Kent, OH: Kent State University Press, 2007.

ルイスとトールキンの友愛の重要性についての考察については、次の書を参照。

Duriez, Colin. *Tolkien and C. S. Lewis: The Gift of Friendship.* Mahwah, NJ: HiddenSpring, 2003.

Jacobs, Alan. "The End of Friendship." in *Wayfaring: Essays Pleasant and Unpleasant.* Grand Rapids, MI: Eerdmans, 2010, pp. 128–36.

友愛および愛の問題をルイスがどう取り上げたかについての考察は、次の書を参照。

Leiva-Merikakis, Erasmo. *Love's Sacred Order: The Four Loves Revisited.* San Francisco: Ignatius Press, 2000.

3　「物語で創られる世界——『ナルニア国』と物語の重要性」に関連する文献

この章を読んで最大の利益を得るためには、ルイスの次の著作を読まなければならない。

The Lion, the Witch and the Wardrobe 〔『ライオンと魔女』岩波少年文庫、一九八五年〕.

The Voyage of the Dawn Treader 〔『朝びらき丸　東の海へ』岩波少年文庫、一九八五年〕.

ナルニア小説の執筆過程および物語のテーマについては、次の書を参照。

Brown, Devon. *Inside Narnia: A Guide to Exploring "The Lion, the Witch and the Wardrobe."* Grand Rapids, MI: Baker, 2005.

Downing, David C. *Into the Wardrobe: C. S. Lewis and the Narnia Chronicles.* San Francisco: Jossey-Bass, 2005.
Jacobs, Alan. *The Narnian: The Life and Imagination of C. S. Lewis.* New York: HarperCollins, 2005.
Williams, Rowan D. *The Lion's World: A Journey into the Heart of Narnia.* New York: Oxford University Press, 2012.

4 「世界の主とライオン――アスランとキリスト者の生き方についてC・S・ルイスが考えたこと」に関連する文献

この章を読んで最大の利益を得るためには、次の書物をこの順序で読まなければならない。

The Lion, the Witch and the Wardrobe.
The Magician's Nephew〔『魔術師のおい』岩波少年文庫、二〇〇〇年〕.
The Last Battle〔『さいごの戦い』岩波少年文庫、一九八六年〕.

その他、有益であると思われる文献は次の通り。

Alexander, Joy. "'The Whole Art and Joy of Words': Aslan's Speech in the Chronicle of Narnia." *Mythlore* 91（2003）: pp. 37–48.
Hauerwas, Stanley. "Aslan and the New Morality," *Religious Education* 67, No. 6（1972）: pp. 419–29.
Markos, Louis. *On the Shoulders of Hobbits: The Road to Virtue with Tolkien and Lewis.* Chicago: Moody, 2012.
Williams, Rowan D. *The Lion's World: A Journey into the Heart of Narnia.* New York: Oxford University Press, 2013, pp. 49–111.

5 「信仰について語る――護教論の方法についてC・S・ルイスが考えたこと」に関連する文献

ルイスが著した護教論の中で最良のものは『キリスト教の精髄』である。これは第二次世界大戦中にＢＢＣラジオで放送された講話を編集したものである。この書の最初の五章をお読みになることを、私は本書の読者に強くお勧めする。そこではルイス流の「道徳に基づく神の存在証明」が展開される。

ルイスの護教論の方法については、次の文献を参照。

McGrath, Alister E. "Reason, Experience, and Imagination: Lewis's Apologetic Method." in *The Intellectual World of C. S. Lewis*, Oxford and Malden, MA: Wiley-Blackwell, 2013, pp. 129–46.

Walsh, Chad. *C. S. Lewis: Apostle to the Skeptics*. New York: Macmillan, 1949. 本書は古典的研究書であり、ルイスを多くの米国人に紹介した最初の書物であり、今日も価値を保っている。

Ward, Michael. "The Good Serves the Better and Both the Best: C. S. Lewis on Imagination and Reason in Apologetics." in *Imaginative Apologetics: Theology, Philosophy, and the Catholic Tradition*, edited by Andrew Davison, Grand Rapids, MI: Baker Books, 2012, pp. 59–78.

ルイスは現代の護教論に非常に重要な影響をあたえたことが、次の著作から知られる。

McGrath, Alister E. *Mere Apologetics: How to Help Seekers and Skeptics Find Faith*. Grand Rapids, MI: Baker Books, 2011.

Sire, James W. *A Little Primer on Humble Apologetics*. Downers Grove, IL: InterVarsity Press, 2006.

Wright, N. T. *Simply Christian: Why Christianity Makes Sense*. San Francisco: HarperOne, 2010〔N・T・ライト『ク

リスチャンであるとは――N・T・ライトによるキリスト教入門』上沼昌雄訳、二〇一五年〕.

6 「学問・知識を愛すること――教育についてC・S・ルイスが考えたこと」に関連する文献

現代の教育の欠陥についてのルイスの意見は、*The Abolition of Man* に特に明解に論じられている。とくにその第一章を参照。

彼のエッセイ、"On the Reading of Old Books" は古典であり、熟読する価値がある。*The Collected Works of C. S. Lewis: Three Best Selling Books*（*The Pilgrim's Regress, Christian Reflections, God in the Dock*）*in One Volume*, Inspirational Press, New York, 1996, pp. 434–438〔『天路退行』『キリスト者が考えたこと』『被告席に立つ神』に部分的に収録〕.

教育思想家としてのルイスのキャリアについては、次の書物を参照。

McGrath, Alister E. *A Life: Eccentric Genius, Reluctant Prophet*, Carol Stream, IL: Tyndale House Publishers, 2013, pp. 161–90.

ルイスの教育論と、現代に対する意義については、次の書を参照。

Heck, Joel D. *Irrigating Deserts: C. S. Lewis on Education.* St. Louis, MO: Concordia, 2005.

7 「苦しみにどう立ち向かうか――痛みの問題についてC・S・ルイスが考えたこと」に関連する文献

痛みと苦しみについてのルイスの考えは、次の二書から学ぶのが一番手っ取り早い。

The Problem of Pain.

A Grief Observed.

これら二書の他に有益だと思われる文献は次の通り。

Keller, Timothy, *Walking with God through Pain and Suffering*. New York: Dutton, 2013.

McGrath, Alister E. "The Cross, Suffering, and Theological Bewilderment: Reflections on Martin Luther and C. S. Lewis." in *The Passionate Intellect: Christian Faith and the Discipleship of the Mind*. Downers Grove, IL: InterVarsity Press, 2010, pp. 57–69.

Root, Jerry. *C. S. Lewis and a Problem of Evil*. Eugene, OR: Pickwick Publications, 2009.

Ward, Michael. "On Suffering," in *The Cambridge Companion to C. S. Lewis*. Edited by Robert MacSwain and Michael Ward. Cambridge University Press, 2010, pp. 203–19.

8　「さらに高く、さらに深く——希望と天国についてC・S・ルイスが考えたこと」に関連する文献

天国およびキリスト教的希望についてのルイスの考えを知るためには、次の文献を読まなければならない。

Mere Christianity, Book 3, Chapter 10.

Miracles, Chapter 16. "The Weight of Glory." in *Essay Collection: Faith, Christianity and the Church*. Edited by Lesley Walmsley. London: HarperCollins, 2000, pp. 96–106.

その他、有益であると思われる文献は次の通り。

Connolly, Sean. *Inklings of Heaven: C. S. Lewis and Eschatology*. Leominster, Herefordshire: Gracewing, 2007.

Edward, Michael. "C. S. Lewis: Imagining Heaven." in *Literature and Theology* 6（1992）: pp. 107–24.

Urang, Gunnar. *Shadows of Heaven: Religion and Fantasy in the Writings of C. S. Lewis, Charles Williams, and J. R. R.*

Tolkien. Philadelphia: Pilgrim Press, 1971.

Willis, John Randolph. *Pleasures Forevermore: Theology of C. S. Lewis.* Chicago: Loyola University Press, 1983.

補論2　C・S・ルイス略歴

「ルイスとは一体何者なんだ」と、私は一九六〇年代末、ベルファストの高校在学中にある友人にたずねたことがある。その高校の校長は、ルイスの著作を読むことがいかに楽しいことかを盛んに私たちに語っていた。その本はライオンや衣装部屋に関するものらしかった。その物語が語ることは私にはあり得ないことのように思われた。一体その本は何のことなのだと、私は思った。校長の話はルイスを紹介するためには、全く効果のないものであった。ルイスに対する私の関心は全然深まらなかった。私はその頃、科学者になることを志していて、ライオンや衣装部屋について頭を使う暇はほとんどなかった。

その頃、私は生意気で戦闘的な一六歳の無神論者であり、科学が神信仰をとうの昔に世界から消しさったと考える若者であった。従って、その後何年も経たないうちに、私の知的世界がひっくり返されたことは、驚きであった。私は科学を徹底的に学ぶためにオックスフォード大学に入学した。それにより、私の無神論を確証できると思っていた。私は精神的苦悩を重ねた後、キリスト教は無神論よりもはるかに意味あるものであることを悟った。私にとっては非常に屈辱的なことであったが、それまで私が最大限に軽蔑していた人々、宗教信仰を真剣に受け止める人々の仲間に加わることになった。

私が自分の信仰について考え始めた頃、友人たちがC・S・ルイスを読めと勧めてくれた。私は好奇心にかられて、一九七四年にルイスの著作を何冊か購入し、本の扉に購入年月日を書き付けた。それらの本を私は今も持っている。その頃、また現在にいたるまで、私がルイスの著作に見出したことが何であったかを、言葉にすることは難しい。ルイスは、何やら、私の知的憧れを満足させ、また私の想像力を刺激して、キリスト教を説いているように思われた。ルイスは何かよいことを言っているだけでなく、巧みに表現しているように思えた。

それから四〇年経って、私は今もルイスを読んでいる。それだけでなく、私は事あるごとにルイスに戻り、初めて読んだころには気が付かなかったことを発見している。彼の書いたものには、何度読んでも、常に新たに発見されるべきいくつかの意味の層が重なっているようにみえる。説教で用いることのできる適切なイメージ、深く考えて味わうべき絶妙な言い回しが見出される。このように思うのは私だけではない。ルイスは二〇世紀の宗教思想家の中で、最も広く読まれる人物の一人となった。

C・S・ルイスとは何者なのか[1]。クライヴ・ステイプルズ・ルイスはアイルランドのベルファスト市で、一八九八年一一月二九日に生まれた。父アルバートは弁護士として成功した人物であった。アルバートは一九〇五年にベルファストの郊外に大邸宅（小さなリー［Little Lea］の愛称で呼ばれた）を購入し、一家で移り住んだ。ルイスがこの新居に落ち着いたころ、ルイスは家族たちに、自分を「ジャック」と呼んでほしいと宣言した。その理由は、今もって誰も知らない。ルイスと兄のウォーニーは二人だけで、この古い大邸宅の屋根裏にある部屋で、彼らが創り上げた想像上の世界に長い時間をすごした。父も母も大読書家で、家には本が溢れていた。ルイスは家中を歩き回り、どの本でも好き勝手に読むことができた。兄のウォーニーがイングランドの寄宿学校に入学して家に居なくなり、ルイスが一人残されたとき、彼は自分の好みにまかせて読書にふけり、色彩豊かな想像力と憧れの感覚を培った。

ウォーニーが学校の休みに帰宅する時を待ちながら、ルイスは自分の想像力を用いて新しい世界をいくつも創り上げていた。「小さなリー」の窓から、幼いルイスはキャスルレイ山脈を遠くに眺めることができた。これらの遠くの山並みは、近寄りがたい何ものかを象徴していた。彼はその山並みを見つめ続け、彼の心には強烈な憧れの感覚が芽生えた。ルイスは自分が何に憧れているのかを正確に言葉で言い表すことはできなかったが、神秘的な山並みは、彼の願望を充足させるのではなく、却って高まらせた。

その頃、ルイス家を悲劇が襲った。ルイスの母フローラが一九〇八年八月に癌で亡くなった。それにより、ルイスが幼年時代に持っていた安全な世界が失われた。彼が後年回想しているように、母の死により「大海と島だけが残され、巨大な大陸はアトランティス大陸のように海面下に沈んでしまった」[2]。父アルバートは、彼の次男にとってイングランドの寄宿学校（ワトフォードのウィニャード校）に行くのが最良の道だと思った。そこからモールヴァンのシェアボーグ校に進み、最後にはモールヴァン校に行けばよいと思った。これらの学校にはルイスにとって何もよいことはなかった。ルイスは学校生活の重荷に耐え切れず、非常に不幸であった。アルバートは、次男にとって物事がうまく行っていないことをようやく認めた。アルバートは次男のために何かをしなければならなかった。

アルバート・ルイスは妙案を思いついた。ルイスの兄ウォーニーは英国陸軍軍人になる決心していた。しかし問題があった。ウォーニーは校内で喫煙しているところを見つかり、放校になっていた。

アルバートはウォーニーが陸軍兵学校の入学試験に受かるには、個人教授を見つけなければならないと悟った。そして、それを誰に頼めばよいのかをも理解した。

アルバートが通った高校の校長であったウィリアム・カークパトリックはアイルランドで有数の教育者としての名声を得ていた。当時カークパトリックは退職し、悠々と暮らしていた。アルバートは、カークパトリックにウォーニーの個人教師になってもらえないかと頼んだ。結果は上首尾で、ウォーニーは英国の陸軍士官養成校として最良校であるサンドハースト英国士官学校の入学試験で、上位一〇パーセント以内の成績で合格した。

次男が学校でうまくやっていないことがあまりにも明白になったとき、アルバートはカークパトリックに次男についても個人指導をしてもらえないかと頼み込んだ。アルバートはそれがうまく行くかどうか、心配していた。しかし、すぐに結果は上出来であることが分かった。ルイスはカークパトリックのもとで学ぶために、イングランド南部のサリー郡に住んでいたカークパトリックの家に送り込まれた。ルイスは新しい環境で生き返った。カークパトリックはルイスが必要としていた親密な個人的細心の世話を与えることができた。カークパトリックはオックスフォード大学の個人指導制度をルイスに適用し、ルイスが自分の意見を形成し、その正当性を主張するよう要求した。カークパトリックの教育方法のお陰で、ルイスは一九一六年一二月にオックスフォード大学ユニヴァーシティ学寮の奨学金を獲得し、西洋古典学を専攻することになった。ルイスは大成功を成し遂げた。

その頃、ルイスは確固たる無神論者になっていた。当時ルイスが書いた手紙からは、彼の考えが単に父親の信仰に対する若気の反抗であるというのではなく、熟慮の上で反駁の余地のない議論によって神信仰を拒絶するものであった。彼によれば、思考力を持つ人間は、真面目に神の存在を信ずることはできないとされた。ルイスの教条主義的無神論は、彼の親友で篤信のキリスト者であったアーサー・グリーヴズにとっては心配の種であった。ルイスが後に述懐したところによれば、彼はグリーヴズに「一七歳の理性主義者の浅薄な砲撃を浴びせかけた[3]」という。結局のところ、この問題に関して、ルイスとグリーヴズとの意見の違いはあまりにも大きく、文通においてこの問題に触れないことに同意した。

一九一九年八月に第一次世界大戦が勃発した。ルイスがオックスフォード大学の入学試験に合格したとき、「大戦争」（第一次世界大戦は当時そう呼ばれていた）は三年目に入っていた。ルイスは自分が出征しなければならないことを知った。ルイスは招集されるのを待つのではなく、英国陸軍に志願兵として入隊することにした。

ルイスは一九一八年一二月に除隊となり、一九一九年一月にオックスフォード大学ユニヴァーシティ学寮に戻り、大学生活を再開した。彼は西洋古典学を学び始めた。オックスフォード大学は直ちにルイスが卓越した学生であることを知った。彼は西洋古典学モデレイション（オックスフォード大学で古典学の学士号Literae Humanitores［ラテン語で人文学human lettersの意味］を取得するための第一次試験）で最優秀賞（First Class Honors）を得た。そして一九二二年にはLiterae Humanitoresの資格試験でも最優秀賞を得た。しかし、彼が希望した教育職に就くためには、学識の幅を広げなければならないことを悟り、次の年は英語学および英文学の学士号を最優秀賞で取得するために努力した。彼はそのために二年で学ぶべきことを一年で学び終えた。ルイスはオックスフォード大学で「三重の最優秀賞（Triple First）」

と称される破格の学業上の栄誉を受けた。

それでもその年に彼の就職口はなかった。ルイスはユニヴァーシティ学寮で一九二三年から一九二四年にかけて非常勤の哲学講師の職に何とかありつけた。そして、一九二五年になって、オックスフォード大学モードリン学寮の英語学および英文学の特別研究員として採用され、オックスフォード大学の「英語学および英文学部」の教員の一人となった。ルイスはその学部でJ・R・R・トールキンと出会い、彼との友情を深めていった。彼はトールキンを励まして、今や古典となった『指輪物語』を完成させ、出版させる上で重要な役割を果たした。

ルイスは一九二五年にモードリン学寮の特別研究員になった時点では、まだ無神論者であったが、明らかに自分の教条主義的な神否定論に問題を感じ始めていた。ルイスは神不在の世界が退屈なもの、説得力のないものであると強く感じるようになっていた。彼は英文学を読んで、神の存在を信じることは、無神論よりもはるかに興味をそそること、説得力を持つものであると思うようになった。ルイスは自叙伝に「心底から無神論者になろうと決心した青年ならば、そのためには自分の読書についていくら警戒してもいいのである。至るところに罠があるからだ[4]」と書いている。ルイスは神が実在することをますます強く確信するようになり、遂にそれに圧倒され、「英国中で最も意気上らぬ、不承不承な回心者[5]」になった。

今やルイスは神の存在を信じるようになった。しかし、彼の改宗には第二の段階があった。それは一九三一年九月に始まった。その段階で、ルイスは神存在に対する信仰を一般的に認める者（有神論者）から、キリスト教信仰への明確な確信を持つ者に移りつつあった。

ルイスはキリスト教への再改宗について、後に『喜びのおとずれ』（一九五五）に詳述するが、それは彼の大学教員としての活動にはほとんど何の影響も与えなかった。彼が書いた最初の学問的著作、『愛とアレゴリー』（一九三六）は好評をもって迎えられ、一九三七年にイスラエル・ゴランツ卿記念賞を受賞した。この書の出版は、その後の学問的名声の確実な上昇のきっかけとなり、最高の権威を認められた著作『一六世紀の英国文学（*English Literature in the Sixteen Century Excluding Drama*）』（一九五四）によって確実なものとなり、英国学士院の特別会員に選ばれた。その後の名声の上昇過程に起る出来事としては、一九四一年にバンゴーのユニヴァーシティ・カレッジで行われたマシュー・バラード講演（後に『「失楽園」序説』として出版された）、一九四三年に行われたリデル記念講演（『人間の廃棄』として一九四三年に出版された）、一九四八年に王立文学協会の特別会員に選ばれたことなどがあげられる。

これらの重量級の学問的著作は、当時は広く読まれ重視されたが、今日ルイスの名が覚えられている理由ではない。学問的著作に並んで、ルイスは全く別の性格の書を著した。ルイスは同時代人に対してキリスト教の合理性を論証する護教的著作、明快さと確信の強さを目指す一連の著作をものした。彼はかつて無神論者であった。彼が得た新しい信仰を説明し、まだ神を発見していない人々に信仰を勧めないではいられなかった。それらの著作は彼を一躍人気作家にした。しかし、それは彼の学者としての名声をそこなうものだと考えた人々もいた。一九四〇年代の末、オックスフォード大学では彼を教授に昇格させることを認めない動きが強くなった。例えば、マートン記念英文学記念講座教授の地位も、彼に与えられなかった。

ルイスの最初の一般向け著作は『天路退行』（一九三三）である。それはジョン・バニヤンの古典、『天路歴程』をルイス流に翻案し、一般の読者向けに書いた作品である。『痛みの問題』（一九四〇）は好評を持って迎えられた。彼の文体が明快であること、主張が知的であることなどから、彼はＢＢＣから、キリスト教についての一連のラジオ講演を行うよう求められた。ルイスの講話は非常に好評で、彼は続けてさらに三回の講話シリーズを行い、それらは『キリスト教の精髄』（一九五二）としてまとめられた。ルイスは一九四二年に『悪魔の手紙』を出版した。その書に明らかであったウィットと人間性に対する洞察の深さのゆえに、随一のキリスト教護教者としての名声が、とくに米国で高まった。

ルイスの名声を確実なものとする著作が次々とあらわれた。その中には『天国と地獄の離婚』（一九四五）、『奇跡論』（一九四七）などがある。ルイスは「水割りのキリスト教」（リベラル派のキリスト教理解を揶揄するため、ルイスが考案した造語）に対する遠慮会釈のない批判を表明し、彼の読者たちの心の琴線を強く捕えた。彼を批判する人々は怒り猛った。例えば、英国のジャーナリスト、アリステア・クックは、ルイスを「非常に平凡な小預言者」と呼び、第二次世界大戦が終熄すれば、すぐに忘れ去られると宣言した。それは浅はかな預言であり、むしろクック自身が尊大にして無能な小預言者であることを証明しただけであった。

たしかに戦時中にルイスが得た名声は、戦後に誰も期待しなかった一連の著作をものすることがなかったら、消え去っていたかもしれない。それらの著作は彼の最も親しかったほとんどの友人たちや家族たちを驚かせた。一九五〇年一〇月にナルニア国歴史物語シリーズの第一作が出版された。『ライオンと魔女』は児童書の古典となった。それはルイスが想像力を駆使し、人生の最大の問題、神の存在や神の受肉の問題の解明のために想像力を用いる能力を持つことを明らかにした。ナルニアの高貴なるライオン「アスラン」は、二〇世紀の文学上の登場人物として確固たる地位を与えられた。

七部作の最終巻『さいごの戦い』が一九五六年に出版されたとき、ルイスはオックスフォード大学を去った。彼は一九五四年にケンブリッジ大学に新設された「中世およびルネサンス期の英語学部」の学部長に選ばれ、一九五五年一月に就任した。ルイスは週末をオックスフォード市にある自宅「窯（The Kilns）」で過ごし、週日はケンブリッジ市に住んだ。ルイスはケンブリッジ大学に移って以降、あまり明確な護教的著作を書かなくなった。彼は学問的著作を中心とし、それを補うためのより一般的な著作、例えば『詩篇を考える（*Reflections on the Psalms*）』（一九五八）や『四つの愛』（一九六〇）など、キリスト教信仰やキリスト者の信仰生活を支えるための著作を書くようになる。

ルイスはケンブリッジ大学における新しい職務についてすぐの頃、一九五六年四月にオックスフォード市で民事婚により、離婚歴のある米国人女性、ジョイ・デイヴィッドマンと結婚した。その後、ジョイ・デイヴィッドマンは癌を患っていることが判明した。一九六〇年にジョイが亡くなり、匿名で『悲しみをみつめて』を著した。これは「悲しみの作業（Grief Work）」を語る最良の書の一つだとされる。

一九六三年の六月には、ルイス自身の健康が非常に衰えていることが明らかになった。長年にわたり積み重なってきた問題が心臓に負担となっていた。ルイスのかかりつけの医者たちは、治療の余地がないと告げていた。ルイスは不可避のことを受容し、ケンブリッジ大学に辞表を出し、自分の死について友人たちや文通関係者などと率直に話し合った。彼は一九六三年一一月二二日、米国のジョン・F・ケネディ大統領がテキサス州ダラスで暗殺される直前に、オックスフォード市の自宅で亡くなった。ルイスはオックスフォード市ヘディントン・クウォリーにある聖三一教会の墓地に葬られた。

注

1 壮大なパノラマ——人生の意味についてC・S・ルイスが考えたこと

（1）Jean-Pail Sartre. *Nausea*（New York: New Directions Publishing, 1964）, p. 112〔ジャン＝ポール・サルトル『嘔吐』白井浩司訳、人文書院、一九九四年〕.

（2）Victor E. Frankl, *Man's Search for Meaning*（New York: Simon and Schuster. 1963）〔ヴィクトール・E・フランクル『夜と霧』池田香代子訳、みすず書房、二〇〇二年〕.

（3）Aaron Antonovsky, *Health, Stress and Coping*（San Francisco: Jossey-Bass Publishers, 1979）.

（4）例えば Irene Smith Landsman, "Crisis of Meaning in Trauma and Loss," in *Loss of the Assumptive World: A Theory of Traumatic Loss*, ed. by Jeffrey Kaufman（New York: Brunner-Routledge, 2002）, pp. 13–30 を参照。

（5）William James, *The Will to Believe*（New York: Dover Publications, 1956）, p. 51.

（6）Richard Dawkins, *River out of Eden: A Darwinian View of Life*（New York: Basic Books, 1995）, p. 133.

（7）C. S. Lewis, *Surprised by Joy*（London: HarperCollins, 2002）, p. 198〔『喜びのおとずれ』ちくま文庫、二〇〇五年〕.

（8）Ibid., p. 198.

（9）Ibid., p. 201.

（10）Ibid., p. 197.

（11）C. S. Lewis, "The Poison of Subjectivism," in *The Collected Works of C. S. Lewis*（New York: Inspirational Press, 1996）, p. 224.

（12）G. K. Chesterton, *The Everlasting Man* (San Francisco: Ignatius Press, 1993), p. 105〔『人間と永遠』「G・K・チェスタトン著作集2」別宮貞徳訳、春秋社、一九七三年〕.
（13）C. S. Lewis, "The Weight of Glory," in *Essay Collection: Faith, Christianity and the Church*, ed. Lesley Walmsley (London: HarperCollins, 2000), p. 98.
（14）C. S. Lewis, "Is Theology Poetry?" In *Essay Collection*, p. 21〔『栄光の重み』「C・S・ルイス宗教著作集8」西村徹訳、新教出版社、一九七六年〕.
（15）Dante Alighieri, *Paradiso*, XXIII, l. 55–56〔ダンテ『神曲』「天国篇」第二三歌、五五—五六行〕.
（16）G. K. Chesterton, "The Return of the Angels," *Daily News*, March 14, 1903.
（17）Ibid.
（18）Ibid.
（19）C. S. Lewis, *Mere Christianity* (New York: HarperOne, 2009), pp. 136–37〔『キリスト教の精髄』「C・S・ルイス宗教著作集4」柳生直行訳、新教出版社、一九七七年〕.
（20）C. S. Lewis, *The Allegory of Love* (London: Oxford University Press, 1936), p. 142〔『愛とアレゴリー——ヨーロッパ中世文学の伝統』玉泉八州男訳、筑摩書房、一九七二年〕.
（21）C. S. Lewis, *The Discarded Image* (Cambridge: Cambridge University Press, 1994), p. 206〔『廃棄された宇宙像——中世・ルネッサンスへのプロレゴーメナ』山形和美監訳、小野功生・永田康昭訳、八坂書房、二〇〇三年〕.
（22）Letter to L. T. Duff, May 10, 1943, in *The Letter of Dorothy L. Sayers: 1937 to 1943: From Novelist to Playwright*, *Barbara Reynolds*, ed., vol. 2 (New York: St. Martin's Press, 1996), p. 401.
（23）Letter to the Archbishop of Canterbury, September 7, 1943, in *Letters of Dorothy L. Sayers*, p. 429.
（24）G. K. Chesterton, *Orthodoxy* (New York: John Lane Co., 1909), p. 293.〔『正統とは何か』「G・K・チェスタ

トン著作集1」福田恆存・安西徹雄訳、春秋社、一九七三年〕.

(25) C. S. Lewis, "The Weight of Glory," in *Essay Collection*, pp. 105–6.

2　信頼すべき旧友たち——友愛についてC・S・ルイスが考えたこと

(1) "Get a Life!" *The Economist*, August 17, 2013, http://www.economist.com/news/science-and-technology/21583593-using-social-network-seems-make-people-more-miserable-get-life?fsrc=scn/fb/wl/pe/getalife.

(2) Ray Pahl, *On Friendship* (Cambridge: Polity Press, 2000), p. 80.

(3) C. S. Lewis, *Four Loves* (London: HarperCollins, 2002), p. 66〔『四つの愛』「C・S・ルイス宗教著作集2」佐柳文男訳、新教出版社、二〇一一年〕.

(4) Ibid., p. 78.

(5) Ibid., pp. 78–79.

(6) Ibid., p. 66.

(7) C. S. Lewis, *Surprised by Joy* (London: HarperCollins, 2002), p 151.

(8) C. S. Lewis, *The Collected Letters of C. S. Lewis*, vol. 1, Family Letters 1905–1931, edited by Walter Hooper (San Francisco: HarperOne, 2004), p. 701.

(9) Letter from Tolkien to Rayner Unwin, September 12, 1965, in *The Letters of J. R. R. Tolkien*, Humphrey Carpenter, ed. (London: HarperCollins, 1981), p. 362.

(10) Colin Duriez, *Tolkien and Lewis: The Gift of Friendship* (Mahwah, NJ: HiddenSpring, 2003), p. 79〔コリン・ドゥーリエ『トールキンとC・S・ルイス友情物語——ファンタジー誕生の軌跡』成瀬俊一訳、柊風舎、二〇一一年〕.

(11) C. S. Lewis, *Four Loves*, p. 96.

(12) Ibid., p. 99.

(13) Bruce L. Edwards, ed., *C. S. Lewis: Life, Works and Legacy*, 4 vols (Westport, CT: Praeger, 2007), p. 301.

(14) C. S. Lewis, "The Inner Ring" in *The Weight of Glory: A Collection of Lewis's Most Moving Addresses* (William Collins, 2013), p. 141ff〔『栄光の重み』の第六論文〕.

(15) Ibid., p. 147f.

3 物語で創られる世界——『ナルニア国』と物語の重要性

(1) C. S. Lewis, *Surprised by Joy* (London: HarperCollins, 2002), p. 248.

(2) C. S. Lewis, "The Weight of Glory," in *Essay Collection: Faith, Christianity and the Church*, edited by Lesley Walmsley (London: HarperCollins, 2000), p. 99.

(3) Ibid.

(4) 詳しくは、Alister E. McGrath, "A Gleam of Divine Truth: The Concept of Myth in Lewis's Thought," in *The Intellectual World of C. S. Lewis* (Oxford: Wiley-Blackwell, 2013), pp. 55–82.

(5) J. R. R. Tolkien, "On Fairy Stories," in *Tree and Leaf* (London: HarperCollins, 2001), p. 71.

(6) Roger Lancelyn Green に宛てた一九三八年一二月二八日付けの手紙。*The Collected Letters of C. S. Lewis*, vol. 2, edited by Walter Hooper (San Francisco: HarperOne, 2004), pp. 236–37.

(7) 最良の研究書は David C. Downing, *Planets in Peril: A Critical Study of C. S. Lewis's Ransom Trilogy* (Amherst, MA: University of Massachusetts Press, 1992).

(8) 世界観批判のために物語が持つ力についてルイスが理解したのは一九三〇年代末であることを知ることは

重要である。ある研究者たちは、ルイスがフィクションを書くようになったのは、一九四八年二月にエリザベス・アンスカムに手厳しく批判されて後のことであると言う。しかし、これは説得力のある議論ではない（詳しい分析については、Alister E. McGrath, *C. S. Lewis—A life: Eccentric Genius, Reluctant Prophet* [Carol Stream, IL: Tyndale, 2013], pp. 250–58〔『憧れと歓びの人　C・S・ルイスの生涯』教文館、二〇一五年〕を参照。ルイスはアンスカムの批判を受ける前に、すでに三冊のサイエンス・フィクションを書き、ナルニア国歴史物語の核となる主題を書き上げていた。

（9）C. S. Lewis, "Sometimes Fairy Stories May Say Best What's to Be Said," in *Essay Collection*, p. 527.

（10）C. S. Lewis, "It All Began with a Picture," in *Essay Collection*, 529. ルイスは一九三八年一一月に四〇歳になっていた。

4　世界の主とライオン――アスランとキリスト者の生き方についてC・S・ルイスが考えたこと

（1）C. S. Lewis, "It All Began with a Picture," in *Essay Collection and Other Short Pieces*, edited by Lesley Walmsley (London: HarperCollins, 2000), p. 529.

（2）Letter to a fifth grade class in Maryland. 州（米国）の小学校五年のクラスに宛て一九五四年五月二四日付けの手紙。C. S. Lewis, *The Collected Letters of C. S. Lewis*, vil. 3, edited by Walter Hooper（San Francisco: HarperOne, 2004–2006), p. 480.

（3）これらの見解がルイスの「新しい見方」に対してもつ重要性について、詳しい議論は Alister E. McGrath, "'The New Look': Lewis's Philosophical Context at Oxford in the 1920s" in *The Intellectual World of C. S. Lewis* (Oxford: Wiley–Blackwell, 2013), pp. 31–54 を参照。

（4）このこと、およびその続きについては *The Silver Chair*（London: HarperCollins, 2002), pp. 141–142〔『銀のい

す』岩波少年文庫、一九八六年〕を参照。

（5）詳しい議論については、Alister E. McGrath, "Arrows of Joy: Lewis's Argument from Desire," in *The Intellectual World of C. S. Lewis*, pp. 105–28 を参照。

（6）C. S. Lewis, *The Lion, the Witch and the Wardrobe*（London: HarperCollins, 2002）, p. 166〔『ライオンと魔女』岩波少年文庫、一九八五年〕.

（7）Ibid., p. 65.

（8）Letter to Arthur Greeves, October 18, 1931, in *Letters*, vol. 1, p. 977.

（9）McGrath, *The Intellectual World of C. S. Lewis*, p. 68.

（10）ナルニア国歴史物語七巻を読む順序については、Alister E. McGrath, *C. S. Lewis—A life: Eccentric Genius, Reluctant Prophet*（Carol Stream, IL: Tyndale House, 2013）, pp. 272–74 を参照〔『憧れと歓びの人　C・S・ルイスの生涯』佐柳文男訳、教文館、二〇一五年〕。

（11）Gilbert Meilander, *The Taste for the Other: The Social and Ethical Thought of C. S. Lewis*（Grand Rapids, MI: Eerdmans, 1978）, pp. 212–13.

（12）Walter Hooper, ed., *C. S. Lewis: A Complete Guide to His Life and Works*（London: HarperCollins, 1996）, p. xi.

（13）この名言は、優れたルイス研究書、Louis Markos, *Restoring Beauty: The Good, the True, the Beautiful in the Writing of C. S. Lewis*（Colorado Springs, CO: Biblica, 2010）, pp. 78–79 にある。

5　信仰について語る――護教論の方法についてC・S・ルイスが考えたこと

（1）C. S. Lewis, *Surprised by Joy*（London: HarperCollins, 2002）, p. 266.

（2）ルイスからMissタンニクリフへの一九五一年一二月一日付けの手紙。*The Collected Letters of C. S. Lewis,* edited by Walter Hooper, vol. 3 (San Francisco: HarperOne, 2004–2006), p. 146.

(3) C. S. Lewis, "Christian Apologetics" in *Essay Collection and Other Short Pieces*, edited by Lesley Walmsley (London: HarperCollins, 2002), p. 153.

(4) Ibid., p. 155.

(5) Austin Farrar, "The Christian Apologist," in *Light on C. S. Lewis*, ed. Jocelyn Gibb (London: Geoffrey Bles, 1965), p. 37.

(6) C. S. Lewis, *Mere Christianity* (London: HarperCollins, 2002), p. 21.

(7) Ibid., p. 8.

(8) Ibid., p. 25.

(9) Ibid., p. 137.

(10) C. S. Lewis, "Is Theology Poetry?" in *Essay Collection*, p. 22.

(11) セシル・ハーウッド宛の一九二六年一〇月二八日付けの手紙。Laurence Harwood, *C. S. Lewis, My God-Father: Letters, Photos and Recollections* (Downers Grove, IL: InterVarsity Press, 2007), p. 63.

(12) 専門用語では、これは惑星の「逆行運動」と呼ばれる。それは地球が太陽の年周軌道上で、外惑星を追い越す際に観察される。

(13) C. S. Lewis, *Mere Christianity*, p. 29.

(14) C. S. Lewis, "The Decline of Religion," in *Essay Collection*, p. 182.

(15) Ibid.

(16) Austin Farrer, "The Christian Apologist," p. 26. ファーラーのルイス評に対する解説については、John T. Stahl, "Austin Farrer on C. S. Lewis as 'The Christian Apologist'", *Christian Scholars' Review* 4 (1975): pp. 231–37 を参照。

(17) Alister E. McGrath, "Outside the 'Inner Ring': Lewis as a Theologian," in *The Intellectual World of C. S. Lewis* (Oxford: Wiley-Blackwell, 2013), pp. 163–83 を参照。

(18) C. S. Lewis, "Christian Apologetics" in *Essay Collection*, p. 159. なお Mary van Deusen に宛てた一九五六年六月一八日の手紙（*Letters*, vol. 3, p. 762）をも参照。

6　学問・知識を愛すること——教育についてC・S・ルイスが考えたこと

(1) C. S. Lewis, *The Abolition of Man* (New York: HarperCollins, 2001), p. 29.

(2) Ibid., p. 29.

(3) A. N. Wilson, *C. S. Lewis: A Biography* (New York: W. W. Norton, 1990), p. 161〔A・N・ウィルソン『C・S・ルイス評伝』中村妙子訳、新教出版社、二〇〇八年〕.

(4) 父アルバート宛ての一九二四年八月二八日付の手紙参照。C. S. Lewis, *The Collected Letters of C. S. Lewis, edited by Walter Hooper*, vol. 1 (San Francisco: HarperOne, 2004–2006), p. 633.

(5) "Henry Ford Says 'History is Bunk,'" *New York Times*, October 28, 1921.

(6) C. S. Lewis, *Surprised by Joy* (London: HarperCollins, 2002), p. 241.

(7) C. S. Lewis, "On the Reading of Old Books," in *The Collected Works of C. S. Lewis* (Edison, NJ: Inspirational Press, 1996), p. 434ff.

(8) Ibid.

(9) C. S. Lewis, "Learning in War-Time," in *The Weight of Glory*, pp. 47ff〔『栄光の重み』に収録の「戦時の学問」〕.

(10) Ibid.

(11) この運動の影響については、Angus McLaren, *Our Master Race: Eugenics in Canada 1885–1945* (Oxford: Oxford

University Press, 1990); Pauline M. H. Mazumdat, *Eugenics, Human Genetics and Human Failings: The Eugenics Society, Its Sources and Its Critics in Britain*（London: Routledge, 1992）; Richard Weikart, *From Darwin to Hitler: Evolutionary Ethics, Eugenics, and Racism in Germany*（New York: Palgrave Macmillan, 2004）などを参照。

（12）この異様な思想に関する解説については、John S. Partington, "H. G. Wells's Eugenic Thinking of the 1930s and 1940s," in *Utopian Studies* 14, No. 1（2003）, pp. 74–81を参照。なお、John Gray, *The Immortalization Commission: Science and Strange Quest to Cheat Death*（New York: Farrat, Straus and Giroux, 2001）をも参照。

（13）C. S. Lewis, *An Experiment in Criticism*（Cambridge: Cambridge University Press, 1992）, pp. 140–41.

（14）Ibid., p. 137.

（15）Ibid., p. 85.

（16）C. S. Lewis, *Surprised by Joy*, pp. 221–22.

（17）"De Audiendis Poetis" in *Studies in Medieval and Renaissance Literature*（Cambridge: Cambridge University Press, 2007）, pp. 2–3.

（18）*The Church Times* 宛ての一九五二年二月八日付けの手紙。C. S. Lewis, *Letters*, vol. 3, p. 164.

（19）C. S. Lewis, "On the Reading of Old Books," in *The Collected Works of C. S. Lewis*, p. 435.

（20）Ibid.

（21）Ibid.

7　苦しみにどう立ち向かうか——痛みの問題についてC・S・ルイスが考えたこと

（1）C. S. Lewis, *The Magician's Nephew*（London: HarperCollins, 2002）, p. 166〔『魔術師のおい』岩波少年文庫、二〇〇〇年〕.

（2）C. S. Lewis, *Surprised by Joy* (London: HarperCollins, 2002), p. 227.

（3）C. S. Lewis, *The Problem of Pain* (London: HarperCollins, 2002), p. 227〔『痛みの問題』「C・S・ルイス宗教著作集3」中村妙子訳、新教出版社、一九七六年〕.

（4）Ibid.

（5）Ibid., p. xii.

（6）Ibid., p. 3.

（7）Ibid., p. 25.

（8）Ibid., p. 16.

（9）Ibid., p. 94.

（10）Ibid., pp. 33–39.

（11）Ibid., p. 39.

（12）Ibid., p. 80.

（13）Ibid., pp. 148–59.

（14）Ibid., p. 153.

（15）Katherine Farrer（一九一一―七二）は『監視官リングウッド』三部作を出版した（一九五二―五七）。

（16）悪や苦しみの問題をファーラー自身が扱う方法については、Austin Farrer, *Love Almighty and Ills Unlimited* (London: Collins, 1966) を参照。

（17）詳しくは、Alister E. McGrath, *C. S. Lewis—A Life: Eccentric Genius, Reluctant Prophet* (Carol Stream, IL: Tyndale House, 2013), pp. 320–47 を参照。

（18）C. S. Lewis, *A Grief Observed* (New York: HarperCollins, 1994), pp. 5–6〔『悲しみをみつめて』「C・S・ルイ

ス宗教著作集6」西村徹訳、新教出版社、一九七六年〕.

(19) Ibid., p. 52.

(20) Ibid., p. 44.

(21) Ibid.

(22) Austin Farrer, "In His Image: In Commemoration of C. S. Lewis," in *The Brink of Mystery*, edited by Charles C. Conti (London: SPCK, 1976), pp. 45–47.

8 さらに高く、さらに深く——希望と天国についてC・S・ルイスが考えたこと

(1) C. S. Lewis, *Mere Christianity* (London: HarperCollins, 2002), pp. 136–137.

(2) Ibid., p. 134.

(3) Cyprian of Carthage, *On Morality*, 7. キプリアーヌスは、デキウス帝時代の迫害により、二五八年に殉教した。

(4) John Donne, *The Works of John Donne*, ed. Henry Alford, vol. 3 (London: Parker, 1839), pp. 574–75.

(5) アーサー・グリーヴズ宛ての一九六一年六月二七日付けの手紙、*The Collected Letters of C. S. Lewis*, edited by Walter Hooper, vol. 3 (San Francisco: HarperOne, 2004–2006), p. 1277.

(6) セシル・ハーウッド宛ての一九六三年八月二九日付けの手紙、*Letters*, vol. 3, p. 1434.

(7) メアリー・ウィリス・シェルバーン宛ての一九六三年六月二八日付けの手紙、*Letters*, vol. 3, p. 1434.

(8) C. S. Lewis, *Surprised by Joy* (London: HarperCollins, 2002), p. 245.

(9) この頃のルイスの日常生活についての詳しい議論については、Alister E. McGrath, "'The New Look': Lewis's Philosophical Context at Oxford in the 1920s," in *The Intellectual World of C. S. Lewis* (Oxford and Malden, MA: Wiley–Blackwell, 2013), pp. 31–54 を参照。

(10) 例えば、Andrew Walker, “Scripture, Revelation and Platonism in C. S. Lewis,” *Scottish Journal of Theology* 55 (2002): pp. 19–35.

(11) C. S. Lewis, *The Last Battle* (London: HarperCollins, 2002), p. 160〔『さいごの戦い』岩波少年文庫、一九八六年〕.

(12) Ibid., p. 159.

(13) C. S. Lewis, *Miracles* (London: HarperCollins, 2002), p. 256.

(14) C. S. Lewis, *The Last Battle*, p. 161.

(15) C. S. Lewis, “The Weight of Glory” in *Essay Collection and Other Short Pieces*, edited by Lesley Walmsley (London: Harper Collins, 2000), p. 99.

(16) C. S. Lewis, *Mere Christianity*, p. 134.

(17) Ibid., p. 137.

(18) C. S. Lewis, *The Last Battle*, p. 172.

(19) C. S. Lewis, “The Weight of Glory” in *Essay Collection and Other Short Pieces*, edited by Lesley Walmsley (London: HarperCollins, 2000), p. 102.

補論2　C・S・ルイス略歴

(1) ルイスの生涯全体についての詳しい議論については、Alister E. McGrath, *C. S. Lewis—A Life: Eccentric Genius, Reluctant Prophet* (Carol Stream, IL: Tyndale House, 2013) を参照。

(2) C. S. Lewis, *Surprised by Joy* (London: HarperCollins, 2002), p. 22.

(3) Warren H. Lewis, *The Lewis Papers: Memoirs of the Lewis Family*, 1850–1930, vol. 10, p. 219. ルイスのコメントは、

p. 218–220 の三頁にわたって書かれたグリーヴズについての考察（おそらく一九三五年頃に書かれたもの）に見られる。

（4）C. S. Lewis, *Surprised by Joy* (London: HarperCollins, 2002), pp. 221–22.

（5）Ibid. 改宗の時期は伝統的には一九二九年の夏とされる。しかし、現存する証拠によれば、ルイスの信条に変化が起こったのは翌年、一九三〇年夏頃のことである。詳しい分析は Alister E. McGrath, *C. S. Lewis—A Life: Eccentric Genius, Reluctant Prophet* (Carol Stream, IL: Tyndale House, 2013), pp. 141–46 を参照。

訳者あとがき

本書は Alister McGrath, *If I Had Lunch with C. S. Lewis: Exploring the Ideas of C. S. Lewis on the Meaning of Life*, 2014 の全訳である。書名を直訳すれば、「私がもしC・S・ルイスと昼食を共にできたら——C・S・ルイスが人生の意味について考えたことを探る」というようなことになるだろう。訳書の題は、原書の副題に沿い、原書の内容に即したものにした。

著者A・マクグラスはルイスと同じく、北アイルランドのベルファスト市に生まれ育ち、長じてルイスと同じくオックスフォード大学に進んだ。しかし、本書の「補論2」にあるように、若い頃のマクグラスはルイスの名を聞いてはいたが、ルイスの思想に関心を寄せることはなかった。ルイスはマクグラスが「ライオンや衣裳部屋に関する」はなしを聴かされた頃よりも十数年前、マクグラスが一〇歳の時に亡くなっていた。

マクグラスは若い頃、若いルイスと同じく無神論者（宗教否定論者）であった。彼はルイスと同じくオックスフォード大学に進んだが、ルイスとは違い自然科学を専攻した。しかし、ルイスと同じように、オックスフォード大学在学中にキリスト教信仰を「再発見」した。彼は大学で得た新しいキリスト者友人たちからルイスを読むよう勧められた。その結果、ルイスに深く傾倒していった。その後の足取りについては本書の末尾にある「著者について」にある。

マクグラスはルイスの没後五〇年にあたる二〇一三年に大部のルイス伝を出版した(拙訳『C・S・ルイスの生涯』二〇一五年、教文館)。マクグラスはその書でルイスの全体像を描いた。本書では問題を一点に絞り、ルイスのキリスト教思想に集中している。マクグラスはルイスをキリスト教史上最大の護教家の一人に数える。

本書は前著『憧れと歓びの人　C・S・ルイスの生涯』に比べて非常に小さいものであるが、ルイスの思想の一部ではなく、ルイスの思想全体の特徴をとらえている。マクグラスはルイスの思想の核の部分、つまりキリスト教思想を網羅して詳しく論じている。マクグラスはルイスが人生の意味について考えたことを中心にし、人生と友愛、ナルニア国歴史物語、Wellsianity(ウェルズ教、後述)批判と社会批判(社会批評)、物語と教育(『人間の廃棄』、大人向けのサイエンス・フィクション三部作、児童向けのナルニア国物語七部作など)、護教論、人生の不可解さ(痛みと苦しみ、悲しみ)、天国の希望などの問題に関して、ルイスが考えたことを詳しく論じている。ルイスは、理性・知性と想像力・感性(感情)とを統合・総合する思想を目指した。ルイスは『天路退行』(一九三三)を書いた段階では、理性・知性中心の考え方を北方性と呼び、想像力・感性中心の考え方を南方性と呼んでいた。ルイスはこれら二つの考え方の中間をいこうとしていたらしい。『痛みの問題』(一九四〇)においてはこれら二つの考え方がまだ統合されず、分離されていたように思われる。しかし、その後の著作において両者は統合されていく。マクグラスは本書においてルイスの円熟期の思想の特徴を正確に捉えている。

ルイスの著作は英文学史や文学批評に関する学術的・専門的なものから、ポピュラーなもの、誰でも楽しく読める物語まで幅広いジャンルにわたっている。しかし、それらすべての著作には、一貫するテーマがある。それは、人間の生きる意味、愛の問題、社会や世界がどうあるべきかについての問題である。それは彼自身がどう生きようとするのか、どのような社会・世界を望んでいるのかという、いわば彼にとっての「実存的」な問題である。彼は「象牙の塔」に安住して「机上の空論」を弄ぶ学者ではなかった。彼の書いたものには、機知やユーモアで味付けられてはいるが、緊急の問題を切羽詰まって真剣に論じているという雰囲気が漂っている。それらはすべてルイスの自己批判であり、社会批判（社会批評）である。マクグラスは本書において、その雰囲気をみごとに捉えている。

本題に入る前に、訳語についていくつかの説明が必要であろう。ナルニア国物語は「物語（story）」、「小説（novel）」、「歴史物語（chronicle）」などと呼ばれる。本訳書において、著者マクグラスが用いる言葉に従い訳し分けてある。「物語」はstoryの訳語である。日本語の「物語」も狭義では「竹取物語、伊勢物語、鎌倉時代の擬古物語など、歴史物語・説話物語・戦記物語など」を意味する（『大辞林』参照）。しかし普通には創作物あるいは「よもやまばなし」（『広辞苑』参照）のことである。それに対し、英語のstoryは日常的に起る事件を詳しく扱う新聞や雑誌の記事、ラジオやテレビが報ずるニュースも指す。

第二に「歴史物語」はchronicleの訳語である。Chronicleは実際に発生した出来事について、それが発生した場所、またその出来事の展開の経過を時間や時代を追って記述したものであり、日本語では「年代記」と呼ばれる。それは「空想物語」と対比される。サイエンス・フィクションは「空想科学小説」と訳される。それは実際に起ったことではなく、実際にはあり得ないことを扱う空想物語の一種である。ただし、それを「アレゴリー」として用いて、現実の歴史や社会や個人を揶揄・批評することを目的とする。ナルニア小説は空想小説であるが、年代記の形式で書かれているので、chronicleと呼ばれる。ルイスのサイエンス・フィクションもナルニア国歴史物語も、仮想上の出来事に関する物語によって現実の社会や歴史を批評する（「アレゴリー」は、ギリシア語の「アロス［別のこと］」と、「アゴルーオー［語る］」という二つの語からなる。アレゴリーにおいては、語られていることと、そこに意味されていることが異なる。例えば、狐とブドウについて語られていることを読んで、読者は自分の周囲の現実世界や社会で起こっていることについて、「ア、あのことだ」と思い至るように書かれているのがアレゴリーである。日本語［漢語］では「寓意」「寓話」「寓喩」「比喩」などの語があてられる）。本文にメタナラティブという耳慣れないことばが用いられている。ナラティブは歴史物語とほぼ同じ意味で用いられる。日本書紀も平家物語もクロニクル形式で書かれているが、ナラティブである。ナルニア国物語もナラティブである。それらのナラティブは特定の目的や狙いを伝えるために語られる。メタナラティブの目的は、諸々のナラティブの意図や狙いが何なのか、それらの物語の中に生きる人々が作る社会がどのようなものになるかについて解明することである。

第三に「社会人」はpeopleの訳語である。Peopleは普通「国民」あるいは「人民」と訳される。それはperson（個人）とは違い、国や社会を構成する複数の人々を集合的に指す。「市民」としてもよいかもしれないが、それにはcitizenの語が対応しており、文脈上適当ではない。「国民」や「人民」とすると、それはルイスやマクグラスの考え方にそぐわない（後述）。

本書の内容に関する問題に戻る。マクグラスが指摘するように、ルイスが人生について洞察したことの中心は「私たちは何らかの物語のうちに生きている」ということである。マクグラスはルイスに「きみたちはどの物語のうちに生きているのか」と言わせる。この問いはルイスの人間理解および社会観を非常に鋭く洞察し、言い当てたものである。この問いはルイスがサイエンス・フィクションやナルニア小説を書いたときの問題意識の中心にある。

人は誰でも何らかの物語をつくり、あるいは教えられ、その物語のうちに生きる。人間と植物や動物との違いは、物語のうちに生きているかどうかであるとルイスは言う。ルイスは『人間の廃棄』や、本書では触れられていないが『廃棄された宇宙像』において、いつの時代にも人々が「物語」をつくり、「そのうちに生きていた」ことを明らかにした。人々は自分たちの周りで起こる自然現象、社会現象を観察し、それが自分たちにとってどのような意味を持つのかを考え、物語を創り上げ、それにより自分たちの生きるべき道を模索してきた。植物や動物が物語を作ることはない。

古今東西、無数の物語がつくられた。それらの物語の多くは今日「廃棄」されたものが多い（『廃棄された宇宙像』参照）。現代でもそれらに代わり、新しい物語が作られている。それらもいずれは廃棄され、新しいものに取って代わられる。古い物語でも、廃棄されず、「悪習」、「陋習」とされながらも、「習俗」、「伝統」として人々の意識と生活を縛り、人生に意味を与えるように見えて、却って人生と社会を貧しいものにしているものがある。

数々の異なる物語が衝突する。ルイスはキリスト教と「ウェルズ教」との衝突をとくに問題にした。かつてルイスは「ウェルズ教徒」であったが、キリスト教こそが人々に「命を与えるもの、それも豊かに与えるもの」であること（ヨハネによる福音書一〇章一〇節参照）を確認してキリスト者となった。そして得意の story-telling の能力を駆使して、キリスト教護教家となった。

ルイスは少なくとも二回、Wellsianity（ウェルジアニティ）なる語を用いている（「神学は詩か？」および「偉大なる神話を葬る」において。二篇とも『キリスト者が考えたこと』所収）。これはルイスの造語ではなく、彼の仲間の誰かが言い出したものである。それはH・G・ウェルズ（Wells）の思想を「クリスチアニティ（キリスト教）」風にもじった造語で、「ウェルズ教」と訳せる。ルイスは若い頃、ウェルズの思想の虜になり、無神論・宗教否定主義を唱えていた。無神論を標榜していたルイスは「ウェルズ教徒（ウェルジアン）」であった。

「ウェルズ教」は社会的進化論と優生学とを組み合わせたもので、「科学的」に人類と社会・世界とを改造・改善し、より好ましい世界を創ることを提唱する。ウェルズの思想は英国だけでなく世界中で多くの人々に無批判に受け入れられた。「優生学」はナチスのイデオロギーの一部となったために評判を落とし、現在この語が表立って用いられることはほとんどないが、その考え方は、出生前診断にみられるような医療の世界では常識になっている。そのために「医療倫理」が問題となっている。

マクグラスが本書で指摘するように、ウェルズ教は現在でもマス・コミを通して、大衆を虜にしている。本書第六章ではウェルズ教の語は用いられないが、扱われている問題はまさにルイスの「ウェルズ教批判」である。ルイスは「ウェルズ教」が「キリスト教」の最大の敵であるという。ルイスのサイエンス・フィクション三部作はすべてウェルズ教批判であるが、とくに第三作はウェルズ教批判に集中する。ルイスが『人間の廃棄』でいう「心のない人間（Man without Chest）」はM・ウェーバーが『プロテスタンティズムの倫理と資本主義の精神』でいう「精神のない専門人、心なき享楽人」に通じる。それは世俗化された世界において、普遍的・客観的価値観を持たずに生きる職業人のことである。ルイスは現代の教育がそのような人間を育てていると言う。

H・G・ウェルズは非常に巧みなStory–Tellerであった。C・S・ルイスはウェルズに優るとも劣らない巧みなStory–Tellerであった。ルイスはキリスト者になり、その能力を用いて、かつて信奉していたウェルズ教に対抗する物語を創り上げた。サイエンス・フィクション三部作とナルニア小説七部作はその代表的なものである。ルイスはそれらの物語によって客観的価値、普遍的価値を具体的に説いた。サイエンス・フィクション三部作は大人向けに書かれたウェルズ教批判であり、ナルニア国物語は、とくに児童向けに（大人向けでもある）書かれたウェルズ教批判である。

ルイスが『人間の廃棄』で説くことはいわゆる「徳育」の重要さであり、とくに客観的価値を教える教育の重要さである。日本で明治初年に近代教育が始まって以来、「知育優先」か「徳育優先」かという問題が議論されてきた。現在でも「道徳教育」をどうするかが問題になっている。

ルイスは知育優先か、徳育優先かという議論はしない。ルイスは現代の教育において、価値観が相対化され、「客観的」価値、「普遍的」価値が無視されていることを問題にする。日本の「徳育」は「忠君愛国」を説く。それは客観的価値観、つまり世界的・普遍的な価値観の教育(徳育)ではない。ルイスは『四つの愛』においても「愛国主義」を批判している。日本の忠君愛国の思想は世界性・普遍性を持たない。

ルイスは「学校教育」における徳育ではなく、「生涯教育」としての徳育、物語による徳育を実践した。それは「教科書」や理屈による徳育ではない。マクグラスが言うように、『キリスト教の精髄』はもとより、サイエンス・フィクション三部作もナルニア国物語七部作も護教書である。ルイスはキリスト教が普遍的価値観、世界性を持つ価値観を説いていると言う。ルイスは自己中心的人生観、利己主義的価値観ではなく、隣人のために自分を捧げるという価値観を物語化した。

日本では、一八七二(明治五)年に制定された「学制」において、教育は国民一人ひとりの「身のため(自分のため)」のものであるとされた。これは西洋の進んだ知識をできるだけ早くに取り入れるための「知育」重視の考え方であった。しかし一八八〇年の第二次「教育令」では、教育は「国のため」になされるとされ、「修身教育(忠君愛国教育)」が最重視されることになった。ついでに言えば、「学制」おいて教育は「身のため」であるから「有償」とされ、「教育令」では、教育は国のためになされるのだから「無償」とされた。

「身のため」か「国のため」かという二者択一論の重大な欠陥は、「社会のため」「隣人のため」

および「世界のため」という視点が欠落していることである。ルイスの教育思想の中心には「社会」、「隣人」の概念がある。Peopleを「国民」ではなく「社会人」とした理由もそこにある。ルイスの徳育理解は、欧米社会だけでなく日本の社会においても、世界のどの国においても、とくに政治が腐敗し、社会に汚職が蔓延している国で採り入れられるべきものである。

少年期にナルニア国物語に親しみ、青年期にサイエンス・フィクション三部作に感銘し、それによって心を養われ、客観的価値観を培われた人々、社会人として行わねばならないこと、また絶対に行ってはならないことが何かを脳髄に刻み付けられた人々が、社会に出た時に、いかなる職に就いたとしても、汚職・腐敗の奴輩となり、不正な利得（出エジプト記一八章二一節参照）を貪る者になるとは考えにくい。

ルイスの思想を広め、人々の人生を豊かなものにするために、本書はルイス入門書として、またガイドとして、非常に大きな価値を有する。

本書の翻訳は教文館の慫慂による。訳業は楽しいものであった。先の『憧れと歓びの人　C・S・ルイスの生涯』に続き、本書を翻訳する機会を与えて下さった教文館出版部に深く感謝申し上げる。また、細かい編集作業をして下さった福永花菜さんに厚くお礼を申し上げる。

二〇一八年二月　伊豆半島山中の寓居にて

訳　者

《著者紹介》

アリスター・マクグラス（Alister E. McGrath）

アリスター・マクグラスは 50 冊以上のベストセラーの著者であり、講演者としても引っ張りだこになっている。毎年、いろいろな研修会の講師として世界中を駆けまわっている。マクグラスは現在ロンドンのキングズ・カレッジの神学・牧会学・教育学の教授であり、同じ大学の神学・宗教・文化センターの所長である。また、オックスフォード大学のハリス・マンチェスター学寮の上級特別研究教授であり、オックスフォード大学キリスト教護教センター所長でもある。マクグラス博士はキングズ・カレッジに移る前、オックスフォード大学の歴史神学教授であった。彼は、自然科学の教師として教員生活を始めたが、その後神学研究および思想史研究に移った。その間、キリスト教信仰の合理性や現代的意義に関する、より広い文化的問題の議論に加わった。彼は教育問題にも絶えざる関心を寄せ、世界中で広く利用されている一連の神学教科書を出版した。
マクグラスはルイスと同じくベルファストに生まれ、若い頃は無神論者であった。その後、オックスフォード大学在学中にキリスト教信仰を再発見した。キリスト教神学、キリスト教史、および文学に関するマクグラスの深い知識は、ルイス研究家としての充分な資格を与えている。彼はルイスの思想の展開およびルイスが与える西欧文化への衝撃を鋭く指摘している。
（McGrath は、日本では「マクグラス」として知られているが、J. C. Wells, *Longman Pronunciation Dictionary*, 1990 によれば、「マグラース」と発音されるとなっている。また、アイルランドでは「マグラー」と発音されるとある）

《訳者紹介》

佐柳文男（さやなぎ・ふみお）

1939 年生まれ。国際基督教大学、東京神学大学大学院、プリンストン神学大学大学院などで学ぶ。日本基督教団正教師（隠退）。パヤップ大学神学部教授、北星学園大学教授、聖隷クリストファー大学教授などを歴任、その他、千歳船橋教会、越生教会で牧会・伝道に従事。また社会福祉法人牧ノ原やまばと学園理事をつとめた。

訳書 A. リチャードソン・J. ボウデン編／古屋安雄監修『キリスト教神学事典』、J. R. フランク『はじめてのバルト』、A. E. マクグラス『プロテスタント思想文化史――16 世紀から 21 世紀まで』『憧れと歓びの人 C.S. ルイスの生涯』『はじめてのニーバー兄弟』（ともに教文館）など。

C. S. ルイスの読み方——物語で真実を伝える

2018年10月30日　初版発行

訳　者　佐柳文男
発行者　渡部　満
発行所　株式会社　教文館
〒104-0061 東京都中央区銀座4-5-1 電話 03(3561)5549 FAX 03(5250)5107
URL　http://www.kyobunkwan.co.jp/publishing/

印刷所　モリモト印刷株式会社

配給元　日キ販　〒162-0814　東京都新宿区新小川町9-1
電話 03(3260)5670　FAX 03(3260)5637

ISBN 978-4-7642-6737-4　Printed in Japan